ベリーズ文庫

処刑回避したい生き残り聖女、侍女としてひっそり生きるはずが最恐王の溺愛が始まりました

坂野真夢

STARTS
スターツ出版株式会社

目次

処刑回避したい生き残り聖女、侍女としてひっそり生きるはずが最恐王の溺愛が始まりました

女嫌いな冷徹王
ルーク
ボーフォード公国の現公王。
3年前、悪政を働いた
前公王を強大な魔力で
制圧し公王となった。
女嫌いだが、自分を毛嫌いする
アメリに興味を持ち…!?
真面目な王宮メイド
アメリ
ボーフォート公国のメイド。
実は精霊の声が聞こえる。
ワケあって正体がバレないよう
こっそり働いている。両親が
おらず、マーサに育てられた。
無邪気な精霊
フロー
国に加護をもたらす精霊。
普段はウサギのぬいぐるみを
操って動く。やんちゃでおしゃべり。
突然動いてアメリを驚かせ、
怒られることもしばしば。

処刑回避したい

生き残り聖女、

侍女としてひっそり生きるはずが

最恐王の溺愛が始まりました

Characters

王宮のメイド長

マーサ

メイドの中で一番の発言力を持つ。
責任感が強く、優しさ溢れる人物。
アメリを実の娘のように
思って育ててくれた。

ルークの側近

ロバート

ルークのお目付け役。
ルークに振り回される苦労人。
愛妻家ですぐに妻の惚気を
話し始める。心配性な一面も。

ロバートの妻

マルヴィナ

意志が強く、聡明で気品
あふれる女性。リサとノアの母。
ルークとはかつて親しい
間柄だったようで…？

流浪の商人

カーヴェル

鉱脈をぴたりと言い当てられる
能力を持つ商人。
ボーフォード公国に来てから
不思議な声が聞こえるらしく…。

処刑回避したい生き残り聖女、
侍女としてひっそり生きるはずが
最恐王の溺愛が始まりました

プロローグ

新緑が風に揺れる快晴の昼下がり。

ランドリーメイドのアメリは、畳んだタオルを両手で抱えて、洗濯場と城をつなぐ回廊を歩いていた。

今日は天気がよかったのでよく乾いており、アメリは充足感に満たされていた。

しかしその朗らかな気分は、続いて響いた爆音に吹き飛ばされてしまった。

「きゃあっ、なに？」

「大丈夫？　アメリ」

声に気づいて駆けつけてくれたのは、メイド仲間のジャニカだ。

タオルを抱えたまま尻もちをついたアメリを、引っ張って起こしてくれる。

「落とした？」

「大丈夫。セーフ」

「よかった。今から洗い直しは嫌だよね。……あ、ほら、見て」

ジャニカは騎士団の鍛錬所の方向を指さす。見ると、うっすらと煙が上がっていた。

「あれって……」

「ルーク様の魔法剣かな」

続いて、『なんだ、その動きは、たるんでいるぞ！』という怒号が風に乗って響いてきた。どうやら、騎士団員たちがルークにしごかれているようだ。

「そうみたいね。剣に火の魔法をまとわせて戦うなんて、すごいよね。三年前の戦争も、あれのおかげで、ひと月で収束したのでしょう？」

アメリの返答に、ジャニカが消えゆく煙を見ながら頷く。

ルーク・レッドメインは、大陸有数の大国である隣国レッドメイン王国の第三王子であり、三年前からこの国の王――大公だ。

レッドメイン王国の王族は魔力を持つと言われている。特に守護の魔法に長けており、国王は国土全体に結界魔法を張り、外敵の侵入を許さないのだそうだ。

そして、ここボーフォート公国は、レッドメイン王国の王族のひとりだったボーフォート公爵《こうしゃく》が三百年前に建国したレッドメイン王国の属国だ。国王は通常、大公と呼ばれる。

国土の大半は山で、人の居住地となる平地は狭い。けれどその山はかつて、多くの資源を生み出した鉱山だった。

――ボーフォート公国の鉱山で採掘されたのは、鉄鉱石や鉛鉱石、そして最も多いのは蛍石《ほたるいし》だ。フローライトとも呼ばれるそれは、熱せられるとはじけて、強く発光するという性質がある。また、石に含まれた成分によっては、光を吸収し、淡く発光することもある。このような〝石が光る〟という特殊な性質から、その名がつけられたのだ。

また、フローライトは、鉄鉱石と共に熱すると、より低い温度で鉄を溶かすことができるため、製鉄の融剤として用いられていた。その性質ゆえに他国からの需要も高く、輸出品として、ボーフォート公国の経済を支えていた。

さらにフローライトには、宝石としての価値もあった。本来は無色透明な鉱石だが、不純物が混じることで様々な色が現れるのだ。

初代大公は国をあげて職人を育成し、様々な色のフローライトの宝飾品が作られた。あまたの国がそのカラフルな宝石を欲しがり、宝石の価値はうなぎ上りとなった。

こうして、鉱物に恵まれた国として、ボーフォート公国の名前は瞬く間に大陸中に広まったのだ。

そんなある日、フローライトをこよなく愛した初代大公の姫が、精霊の声を聞いた。

『民がフローライトを愛してくれるから、精霊様は我が国に加護を与え、民を守ると言ってくれています』

姫の言葉の通り、以降、鉱山での事故は激減し、次々と新しいフローライト鉱山が見つかった。

その結果、人々は精霊の加護に感謝し、精霊と言葉を交わすことのできる姫を〝聖女〟と呼んであがめたのだ。

初代聖女は、独身のまま、精霊と心を通わせ続け、その生涯を終えた。

以来、大公の直系の女性に、聖女——精霊の声を聞く者が現れるようになった。聖女の名前や功績は代々記録され、城の図書室の奥にある資料室に収められている。

聖女がまったくいない時代もあったが、精霊の加護が失われることはなく、フローライトは、ボーフォート公国を潤し続けてきた。

ところが、今から二十年前、聖女が失踪したのを機に、採掘現場での事故が多発するようになった。それに伴いフローライトの採掘量は減り、人々の間では、精霊の加護が失われたのではないかと怪しむ声が出始めた。

さらに、聖女不在となってから十年目、新たに採掘したフローライトが、黒く変色するという怪奇現象が起こった。人々は、聖女の失踪を裏切りととらえた精霊が、ついに国土を呪ったのではと推察した。

これが決定打となり、人々は、フローライトの採掘に見切りをつけたのだ。

その後、国の主力産業は鉄鉱石の採掘へと変わったが、採掘量はフローライトに比べれば大幅に少なく、利益も上がらない。民の生活は一気に悪化した。

それなのに、大公バートランドは、民への救済を行わず、自らの贅沢な生活を改めもしなかった。国庫の蓄えは、そこから七年の間に、底をついてしまったのだ。

困窮した民は、ボーフォート公国に見切りをつけ、本国でもあるレッドメイン王国へと逃げた。現状を憂いたレッドメイン国王は軍を編成し、バートランドの治世を終わらせるため、ボーフォート公国へと攻め入ったのだ。

指揮をとったのは、騎士団員でもあった第三王子ルーク。

ルークが中庭の大木を魔法剣で切りつけると、城のどこにいても見えるくらいの大きな火柱が上がった。恐れをなしたバートランドはあっさりと降伏し、ルークはボーフォート公国軍を制圧したのだ。

ルークは緑色の目と黒い髪を持つ涼しげな美形で、いつも周囲を威圧するように睨んでいる。その近寄りがたい雰囲気と、魔法剣からなる圧倒的な強さから、人々は彼を〝最恐王〟と呼んでいた。

それから三年、最恐王ルークを君主に据えた公国は、貧しいながらも平和である。

ルークは堅実実直な大公で、古参貴族から没収した財産や王家の財産を売り払ったお金を、国民生活の改善のために費やした。国境の森を開墾して農地を増やし、食料自給率を上げたのだ。

民の生活はいまだカツカツで、以前のような隆盛はとても望めない。しかし、明日の食事の心配をしないでいいくらいまでには改善された。

「生きていけるだけの小麦が欲しい」と切実な願いを抱いていた民も、最近はもう少し前向きな思考に変わってきていた。

「いつか精霊が怒りを収め、昔のようにフローライトが採れるようになってほしい」

それが最近、人々の間で交わされる願いだった——。


（まあ、精霊は怒ってなんていないけどね）

鉱山で起こっている怪現象の原因は、決して精霊の怒りなどではない。

アメリはエプロンのポケットを撫《な》でながら思う。大きく膨らんだそこには母、ローズマリーの形見である白色のウサギのぬいぐるみが入っていた。

《呼んだ？　アメリ》

突然頭に声が響いて、アメリは素っ頓狂な声を上げる。

「よ、呼んでないわ！」

「ひゃっ、どうしたの急に、アメリ」

ジャニカが驚いて、アメリを見つめる。

「ちょっと虫が……。ごめん。なんでもないの。私、タオルを戻しに行ってくるね」

「うん。落とさないように気をつけてね」

その場でジャニカと別れ、アメリはリネン室へと足を早めた。ポケットを軽くつつきながらささやく。

「……フロー、昼間は話しかけないでよ」

《ちぇ、冷たい》

アメリの脳内に響く声。それは、アメリのポケットのぬいぐるみが発したものだ。

本人いわく、名前はフロー。フローライトの精霊だ。

誰にも秘密にしているが、アメリは精霊の声が聞こえる聖女なのだ。

『突然のご指名です』

リネン室は城の一階の裏口近くにあり、大きな棚には、シーツやタオル、使用人たちの制服など、ありとあらゆる布製の備品がしまわれている。

アメリがタオルを棚に戻していると、メイド長のマーサが部屋に入ってきた。

「あらアメリ、ちょうどいいところに。今、時間はあるかしら。ルーク様の私室にシーツ交換に行くの。手伝ってくれない？」

「はい。大丈夫です」

「ひと悶着《もんちゃく》あって、ルーク様のベッドがマットレスまでびしょ濡《ぬ》れになったのよ。さっき、ようやく新しいマットレスと交換できたところなの」

王侯貴族が使用するマットレスは、鳥の羽や動物の毛が詰められている貴重なものだ。急遽《きゅうきょ》用意するのは大変だったろう。

「いったいなにがあったのですか」

「最近、ジャイルズ伯爵が、ルーク様に女性をあてがおうとしている話は知っている？」

「なんですか？　それ」

大公ルークは、現在二十五歳。騎士上がりのたくましい体躯《たいく》と切れ長の目が印象的な美貌の男性だ。決してもてないわけでも縁談がないわけでもないが、まだお相手はいない。真偽は定かでないが、女嫌いだからとか、男色だからとかの噂もあった。

仕事で城内を動き回るアメリは、毎日どこかしらで遠目にルークを見かけたが、いつも側近であるロバート・ジャイルズ伯爵を引き連れて歩き、近寄ってくる令嬢を冷たい物言いで半泣きにさせていた。

それを見るたびに、アメリは恐ろしいので近づきたくないと思ったものだ。

「あまりにも女っ気がないからって、メイドにまで『ルーク様を癒やしてやってほしい』とけしかけているらしいわ」

マーサがため息とともに言う。なんだかいやらしい話だ。アメリの中でロバートの株が下がっていく。

「でも、ルーク様にはその気がないらしいの。むしろ警戒しちゃって、イザベルが水をお渡ししようと近づいたら、反射的に突き飛ばされたんですって。水はベッドにこぼれて、私はマットレスとシーツの交換に大忙しよ」

イザベルは二十七歳の未亡人で、ルークの部屋付きメイドだ。

「まあ、イザベルも悪いのだけどね。ジャイルズ伯爵に乗せられたとはいえ、武人相手に背後から忍び寄って腕に触れるなんて、やり返されるに決まっているじゃないの」

「ああ、……たしかに」

水を渡したいなら、手の届くところに置くだけでいい。メイドという立場からすれば、イザベルの行動はいきすぎだ。

「問題はその後よ。ルーク様が怒って、『イザベルを部屋付きから外せ』って言ってきたの。おかげで私が部屋を整えなきゃいけなくなったというわけ」

マーサはメイドの中ではこの城一番の古株で、四十三歳だ。二十五歳のルークが恋愛対象になることはないだろうし、立場的に無茶な行動もしないと思われたのだろう。

「……その状況で、私も一緒に行って大丈夫でしょうか。一応、年頃の女ではあると思うのですけど」

アメリは二十歳《はたち》だ。銀青色の髪は綺麗だが、きっちり結い上げモブキャップで隠してあり、化粧っ気もないので、地味な印象が強い。恋愛対象として見られたいとは思っていないが、妙齢の女性というアイデンティティは捨てていない。

「かまわないわよ。あなたはルーク様に取り入ろうなんて考えてもいないでしょうし。ふたりでやれば早く終わるわ」

それはその通りだ。王族と関わり合いになどなりたくない。アメリは平穏に暮らしたいだけなのだ。

「わかりました。私が持ちます」

マーサが棚から取り出したシーツを受け取り、共に歩きだす。

ルークの私室に向かう間、マーサのため息交じりの愚痴は止まらない。

「総括する立場の私が部屋付きメイドになるのは無理があるのよね。ルーク様、従者も辞めさせたばかりだし。……早く次の人を任命してくれないかしら」

アメリは早々に聞き流すことにした。真面目に聞いていたら疲れてしまう。

「だいたい二十五歳にもなって結婚していないのがいけないのよね。仮にも王族だというのに」

王族は王家存続のため、できるだけ多くの子をもうけることが求められる。普通は二十歳前後に結婚するものなので、ルークに関しては遅いと言わざるを得ないだろう。

「アメリってば」

「え？」

「またぼーっとして。ルーク様には近づかないよう気をつけてね。入るわよ」

いつの間にかルークの私室の前まで来ていた。アメリは気を引き締めて頷《うなず》く。

「失礼いたします。シーツ交換に参りました」

「ああ、入れ」

部屋は広く、大きな窓から光が差し込み、壁に埋め込まれたフローライトがキラキラと輝いていた。向かって左側に応接室かと思うようなテーブルとソファが置いてある。右奥に天蓋《てんがい》付きのベッドがあり、そのさらに奥には続き部屋につながる扉があった。床には毛足の長いじゅうたんが敷かれていて、さすが大公の部屋とばかりの豪華さだ。

ソファにはルークとロバートが向かい合う形で座っていた。

「メイド長。手間をかけてすまないな」

ロバートは二十九歳。大柄で、座っていてもルークよりひと回りは大きく見える。緩くウェーブのかかった茶色の前髪の間から覗《のぞ》く琥珀色《こはくいろ》の瞳はやわらかく、マーサにかけた声からは気遣いが感じられる。全体的に柔和な印象だ。

一方、ルークは無表情のまま、マーサに「ご苦労」とそっけなく言うだけだ。

アメリは小さく礼をして、マーサの後に続く。一瞬、ルークの視線を感じたが、見返せばすぐに目をそらされた。

（若い女ってことで警戒されているのかしら。うう怖い……）

「アメリ、そっちを持ってくれる？」

「あ、はい」

マーサの指示に従いながら、ふたりがかりでシーツを整えていく。作業をしながら耳に入るのは、ルークとロバートの会話だ。

「とにかく、女をけしかけるのは金輪際やめろ。いい加減、迷惑だ」

「そんなことを言わないで、少しは遊んでいるところを周囲に見せてくださいよ。あなたがそんな態度だから、私まで男色なのではないかと疑われるのですよ！　いいですか、私には愛する妻がいるのです。あらぬ噂を立てられて、妻にも何度迷惑をかけたことか……！」

ロバートは、真剣な顔をして詰め寄っている。

（え？　そういう理由なの？）

思ったよりどうしようもない理由だった。

ルークもそう思っているのか、鼻で笑って一蹴する。

「そんなの俺のせいじゃない。そもそも、女嫌いは本当のことだ。結婚する気もない。いずれは兄上の子のひとりを養子にもらえば、世継ぎに関しても問題ないだろう」

あっさりと断じるルークに、「いやいやいや」とロバートが反論する。

「属国とはいえ、本国との間には深い森が広がっていて、簡単に行き来できるものではありません。幼い王子を親元から離す気ですか！ 王太子様だって反対するに決まっています。……いいですか？ この国にはこの国にふさわしい後継者、つまりあなたのお子が必要なのです」

「なにを面倒なことを、だったらお前の子でいい。夫婦仲がいいのだろう？ 男児を多く生み、俺にひとりくれればいいじゃないか」

「なんで私のかわいい子を殿……閣下に差し出さなきゃならんのですか！」

「一国の王になれるんだぞ？」

「人の心のない閣下を親にするなんて、そんなかわいそうなこと、私にはできません」

黙々と作業をしながらも、アメリは笑いをこらえるのに必死だ。

ルークもロバートも遠くから見ている分には、冷徹で怖そうな印象だったが、思いのほかくだらない話で盛り上がっている。ふたりの会話がこんなにおもしろいなんて思わなかった。

「……っふっ」

ついこぼれたような息遣いが聞こえて顔を上げると、マーサもアメリと同じように笑うのをこらえていた。

「とにかく、少しは女性に慣れていただきたい。百歩譲って結婚なさらないとしても、女性をエスコートしなければならない場面は山とあります。本国と違って、ここでは代わってくださる方はいないのですよ。閣下が大公なのですからね！」

「だったら呼び名も改めるんだな。知っているぞ、時々殿下と呼ぶだろう。お前はいまだに俺を一介の王子としか思ってないんだな」

「それは癖です！　ああもう、だったら呼びますよ。ルーク閣下！　敬愛なる我が王！　大公としての責務だと思って結婚してください」

「心にもないことを言うな。うるさい！」

ルークが右手でこめかみのあたりを押さえる。

そして、一瞬アメリに視線を向けると、少し声のトーンを落とした。

「俺はわずらわしいのは嫌いなんだ。近寄ってくる令嬢は皆うるさいじゃないか」

「小鳥を思い浮かべてください。そのさえずりに心が和むでしょう？　女性たちも、その愛らしさと豊富な話題で男を癒やしてくれているのです」

「お前の目は節穴すぎる。彼女たちのどこに癒やそうなんて気があるんだ。あれは、権力を狙うハイエナの目だ」

「閣下は疑り深いんですよ。そんな女性ばかりじゃありませんって！」

気を使って声を抑えてくれたのだろうが、丸聞こえだ。

(ハイエナって……。あんなに綺麗なご令嬢たちが、ルーク様にかかったら猛獣になっちゃうの?)

アメリは真顔を保つのに必死だ。笑いをこらえるのがこんなにつらいなんて知らなかった。

「ああもう、わかりました。今すぐお妃を娶《めと》ってくださいとは言いません。ですが、せめて女性と普通に話をしてください。どうせ、従者だったスカリーの後釜を探さなきゃいけないんです。今後は男性ではなく女性をつけましょう」

「なぜそうなる」

「だってあなたのせいで、スカリーは本国に帰ってしまったんじゃありませんか」

「あいつのミスが多いからだろう? それに、メイドを口説いては手を出そうとしていた。城の風紀を乱すなと言っただけだぞ、俺は」

「言い方の問題でしょう。あいつのあんなに怯《おび》えた顔、私は初めて見ましたよ。それで、侍女についてですが……」

話はあらぬ方向へと転がった。

ベッドを整え終えたアメリとマーサは、互いに目配せして部屋を出ようとする。

「整え終えましたので、私たちは失礼いたします」

「あ、お待ちください。メイド長」

ロバートが近寄ってくる。嫌な予感がして、アメリは思わず目をつぶった。

「どうか、ルーク様の侍女になっていただけませんか」

「ひっ、無理っ」

思わずつぶやいて、恐る恐る目を開けると、ロバートが向かい合っているのはマーサの方だった。

「ほら、ルーク様。信用あるメイド長でしたらいいでしょう?」

ロバートはアメリの脇を素通りし、マーサに向かって話していたのだ。

(か、勘違いだわ。恥ずかしい……)

真っ赤になってうつむくと、マーサのため息が聞こえてきた。

「大公閣下付きの侍女にというのは光栄なお誘いですが、私にはメイド長としての責務がございます。この城に数多くいるメイドの仕事の指示を一手に引き受けている私の代わりが務まる女性もまだおりません。それに、閣下の御《お》側《そば》付《づき》となる女性は、身分も考慮しなければなりません。よければ、別の女性を選ばせていただきます。ご一任いただけ――」

冷静に答えるマーサの言葉を遮るようにルークが言った。

「いや、決めた」

つかつかと近寄ってくると、アメリの前で止まる。

「彼女でいい」

あろうことか、ルークの指はアメリをさしているではないか。

「わ、私ですか？」

「そうだ。お前、名前は？」

「アメリ……です」

「さっき『無理』と言っただろう。聞こえたぞ」

ぎくりとして、一歩下がる。ルークの視線は、アメリをとらえて離さない。アメリも、怖くて視線をそらせなかった。

「では、なぜ」

「俺は女が苦手でな。不用意に近づいてこられると、どんな怪我《けが》をさせるかわからん。しかし、ロバートも引く気がないようだからな」

アメリはちらりとロバートの方を見た。彼は、ルークの言葉を肯定するようにうんうん頷いている。

「どうしても女の側仕えをつけろというなら、俺を苦手だと思っている女がいい」

ルークはにやりと笑い、一歩近づく。アメリは恐ろしくて三歩ほど一気に下がった。

「そういうところだ。俺を嫌だと思っているだろう？　そんな奴なら、必要以上に近寄ってくることはないだろうからな」

「そ、そんなぁ」

あまりにひどい言い草に、アメリは真っ青になる。

しかしルークはもう決定事項とばかりに、マーサに話を振った。

「いいだろう？　メイド長」

「……アメリはたしかに仕事は早く、長く勤めているから信頼もできます。ただこの子は孤児でして、ルーク様にお仕えするには身分が……」

「身分はどうでもいい。むしろ低い方がいいだろう。仕事をなくしては生きていけないくらいの方が、裏切りを心配しなくていい」

ルークは、冷笑を浮かべ容赦なく言い放つ。

さすが最恐王。心まで冷え切っている。

アメリは彼が王としておこなった政策を見て、一見冷たいけれど、民への思いやりがある人だと思っていた。が、印象が変わった。悪い意味でいい性格をしている。先ほどロバートが言っていた、『人の心を持っていない』という表現はあながち嘘でもなさそうだ。

ルークはアメリの前に指を突きつける。

「いいか。今日からお前は俺の侍女……いや、雑用係だ。部屋付きメイドの仕事と、従者のやっていた雑務を任せる」

「そ、それは過重労働では？」

「その分、給金を上げてやる。いいな？　ロバート。賃金や待遇に関してはお前に任せる。お前は俺と違って、女には優しいからな」

「人聞きの悪い言い方をしないでください。私は妻一筋ですよ」

ロバートが論点のずれた反論をし始めた。

「メ、メイド長……」

アメリは目で助けを求めるが、マーサはため息をついて首を横に振るだけだ。

「大公閣下が直々に決められたことに、私は逆らえないわ」

「そんな」

頼みの綱にも断られ、絶望がアメリを襲う。

「決まりだな。メイド長、皆にもそう通達しておけ。他のメイドは部屋に近づくなと」

「かしこまりました。でも、……本当に、アメリでいいのでしょうか」

「いい」

(よ、よくないですけど！)

しかし、一介のメイドであるアメリに反論できるはずがない。

「閣下。引継ぎもありますし、彼女には明日から雑用係についてもらいましょう」

「ああ」

「ではメイド長もそのように手配してください」

「かしこまりました」

あれよあれよという間に、当事者のアメリを置いて話が決まっていく。

「決まりだ。もう行け」

ルークはこちらを向くこともなく、手でしっしっと追い払う仕草をする。

(ひどい。嫌がる私を無理やり雑用係にしておいて、この態度)

「下がりますよ、アメリ」

「は、はい……」

他のメイドなら、大喜びでルークの雑用係を引き受けるだろうに、なぜ自分なのか。

アメリは運のなさを呪いたくなる。

アメリがルークの部屋付きメイド兼侍女――名づけて雑用係になったことは、その日のうちに城の使用人全員に知らされた。

男性使用人は、おおむね好意的だ。「閣下に睨まれてもめげるなよー」と励ましてくれる。女性使用人は「いいなぁ」とうらやむ者と、「息が詰まりそうね」と同情する者に二分した。

「ご愁傷様、頑張《がんば》れ、アメリ」

ジャニカは同情する方だ。アメリも自分じゃなかったら同情していただろうと思う。

「まあ、こうなってしまったからには仕方ないわ。頑張りなさい」

神妙な表情でマーサに言われてしまった以上、もう撤回は見込めないだろう。

これまでアメリがやっていたランドリーメイドの仕事は、すぐに新しい人員が補充され、マーサの有能さを見せつけられる結果に終わり、アメリはずーんと落ち込んだ。

(どうせ、私の仕事なんて代わりがきくものなのよね)

メイドというのはそういうものだし、そうでなければ困る職種だ。なにもおかしくはないのに、沈んでしまう。

「ところで、私は今後、誰に指示を仰げばいいのでしょう」

部屋付きメイドならば、メイド長が上司で、直接の要望はルークに聞けばいい。侍女ならばルークに直接雇われているという認識になるのだろう。

雑用係というこれまでにない役職名をつけられたことで、指示系統がわからない。

「ルーク様でいいんじゃないかしら。従者様に割り振っていた仕事も任されるのなら、私では把握しきれないし」

マーサが頬に手をあてて言う。

「それなら私を上司と思ってもらえばいい」

扉の開く音とともに、ロバートが入ってくる。

ここは使用人控室だ。まさかの貴族様の登場に、皆がこぞって頭を下げる。

「大公閣下の側近をまとめるのは私の役目だ。君も側近の一員になったと思ってくれればいい」

「は、はあ」

「で、気を悪くしないでほしいのだが、閣下の御側付とするならば、身元はしっかりさせなければならない。君自身のことを聞かせてほしい。まずはフルネームから」

どうやら、アメリの身辺調査をしに来たらしい。

たしかに必要なことだと思うが、アメリには聞かれたくないこともたくさんある。

困ってマーサを見つめると、彼女は小さく頷いた。

「アメリは孤児です。姓はありませんが、必要でしたら私の姓であるスレイドとお書きください。彼女の後見人は私です」

「ああ。孤児だとそうなるのか。すまないな。言いにくいことを聞いて」

困った顔をするロバートに、アメリはちょっと好感を持った。

貴族に孤児だと言うと、蔑まれることの方が多かった。同情もうれしくはないが、蔑みに比べればましだ。

「ええと、私はメイド長……マーサさんに拾われて、この城に来ました。物心がつく前です。ですから、私はほとんどこの城で過ごしてきました。七歳頃から仕事を手伝うようになり、十六歳から正式なメイドとして働いています」

「ふんふん」

ロバートは、流れるような手つきでペンを滑らせている。

「それでは、読み書きは無理か」

「失礼な。読み書きくらい教えています！」

経歴を聞き、少し眉をひそめたロバートに、突っかかるようにマーサが言う。

「そ。それはすまなかった。メイド長は教育にも関心があって素晴らしいな……」

ロバートが、がっしりした肩を落として、しゅんとしてしまった。

(……この人、きっといい人なんだなぁ)

見るからに善人オーラが滲《にじ》み出ている。

「読み書きができるのは心強いな……よし。後は雇用条件の確認だな。ちょっとついてきてもらえるか」

「え、えと……」

アメリは困ってマーサを見つめる。

「雇用条件を最初に取り決めるのは、あなたにとってはいいことですよ。その代わり、萎縮しないで、できることとできないことをはっきりさせておきなさい」

「はあ」

頷くアメリを満足そうに見やり、マーサはロバートに食ってかかった。

「ジャイルズ伯爵様、間違ってもこの子をルーク様の愛人にしようなんて思わないでくださいね」

「わかっている。私だって本気で閣下に愛人を勧めているわけではない。正直あの調子では、結婚も難しいだろうしな。ただ、せめてもう少し女性に慣れてほしいのだ」

ロバートは神妙な表情のまま続ける。

「私は妻と出会って心の安寧を得た。心を通わせられる相手と過ごすだけで、こんなに満たされるのかと思うほどな。……政《まつりごと》をつかさどる者は、とても孤独だ。私は側近だが、政務の助けにはなれても、閣下の心安らぐ相手にはなれない」

妻の話をする時、ロバートの表情はいつもに増してやわらかいものになる。

「いつか、閣下には心を許せる女性に出会ってほしいのだ。しかし今の態度では、そもそも女性の友人もできないようなありさまで……」

ロバートは不満げに続けるが、アメリには若干、過干渉なようにも思えた。マーサも同じように思ったのだろう。

「ジャイルズ伯爵様が心配性だというのはわかりましたが、そんなに気をもまずとも、時が来れば女性が恋しくなるものではありませんか？　ルーク様も年頃の男性ですし」

「そう思って待っていたら、閣下は二十五歳にまでなってしまったんだ！」

あきれたように断じたマーサに、伯爵はうなだれて反論する。しゅんと落ちた肩に、アメリも一瞬同情心が湧いた。

「まあ、伯爵様の考えはわかりましたが、アメリは大きな後ろ盾のないか弱い娘です。閣下がもしご無体なことをなさったら、私は仕事をストライキしますからね」

「やれやれ、メイド長は怖いですな。あなたを敵に回したくないものだ」

「あら、褒め言葉ですか」

マーサはにやりと笑うと、アメリの背中を押す。

「アメリ、自分の権利は自分で守りなさい」

重みを感じる言葉に、アメリは頷いた。

「はい。……よろしくお願いいたします。ジャイルズ伯爵様」

「あ、ああ。とりあえず、閣下の意向も確認したいから、執務室で話そう」

「はい」

アメリは、他の使用人からの羨望と同情の混じった視線を受けながら、ロバートの後についてルークの執務室へと向かった。

執務室に近づくと、エプロンのポケットがかすかに揺れ始める。アメリはぎくりとして周囲を見回す。幸い、この動きに気づいた人はいなそうだ。

(フロー！　頼むからおとなしくしていて！)

アメリは、ポケットを上から押さえて必死に落ち着けと念じる。すると聞き届けてくれたのか動きが止まった。

ホッとしたのもつかの間、ポケットに気がいっていたアメリは、うっかりロバートの背中にぶつかってしまった。

「ぶひゃっ」

「大丈夫か、アメリ」

「はい……。すびません」

失態だ。鼻の頭を押さえつつ痛みをこらえていると、ロバートが扉を開けてくれる。

「入ってくれ」

「し、失礼します」

ルークの執務室は、大会議場にほど近い二階の南向きの部屋だ。

中は、茶色を基調にまとめられた落ち着いた雰囲気をしている。

入り口の正面にある南側の窓を背にするように艶のある大きな執務机があり、左右の壁には本棚が連なっている。高さが天井近くまであり、アメリは本に襲われるような気分になった。右手側の本棚の前には彼の剣と甲冑《かっちゅう》が立てかけてある。

(執務室なのに、武器が置いてあるのね)

べつに誰かを攻撃するつもりで置いてあるわけではないだろうが、ひやひやする。

執務机の手前には、ソファとテーブルが置いてあり、側近と思《おぼ》しき青年が書類を広げていた。

もう日も暮れてきたというのに、ルークの執務机には書類が山と積まれている。

ルークは執務机の椅子に腰かけたまま、ちらりと目線を上げた。彼の漆黒の髪は圧倒的な存在感を放っていて、この場の主であることを言葉もなく告げているようだった。

「ロバート。どうした」

「彼女と雇用条件の確認をします。閣下のご要望も聞かせてください」

「要望もなにも、俺は部屋の掃除さえしてもらえば十分だ。逆に余計なことをしないでくれる方がありがたがい」

「衣装選びはお願いしましょうよ。閣下に任せておくと、すごい軽装で議場に来るじゃありませんか」

「会議に格好など関係ないだろう」

ぴしゃりと言い放つルークを、ロバートは笑顔で無視し、ソファに向かう。

「場所を借りるぞ」

「はい。今よけますね」

ソファを陣取っていた側近は、書類をまとめて場所を空けた。

「さあ、アメリ、座って」

「は、はい。……いいのですか？」

ルークの方をうかがうと、彼は無言のまま書類に向かっている。

「閣下の態度は気にしなくてもいい。あれで耳はちゃんと働いているから」

「はあ」

アメリは居心地の悪さを感じつつも、ソファに腰かける。

向かいに座ったロバートは、先ほど書いていた書類を読み上げた。

ルークにも聞かせるつもりなのか、部屋中に聞こえる声量だ。

「アメリ・スレイド。年齢は二十。身元保証人はメイド長マーサ・スレイド。メイドになって四年。仕事経験はこの城におけるメイド業で合っているかな？」

「はい。キッチンメイドや客間メイドの経験もあります。最近はランドリーメイドとして働いていました」

「ひと通りのことはできるという認識でかまわないな？」

「はい」

そこで、部屋の奥にいた側近のひとりが、ロバートに近づき一枚の紙を渡した。

「失礼します。伯爵様、こちらを」

彼はそれを受け取ると、ざっと目を通して微笑んだ。

「うん。調査との相違もない」

「調査？」

「君の経歴と周囲からの評判を、別の部下にも調査させていたんだ。閣下の私室の出入りも許可することになるから、調査は念入りにしないといけなくてな。悪く思わないでくれ」

「そうでしたか」

たしかに気分はよくないが、その事実を明かしてしまうあたりは正直者なのだろう。

大公閣下の側近ともなれば、慎重になりすぎていけないということはない。

アメリとしては雑用係にはなりたくないので、ここで落とされてもまったくかまわないのだが。

「君は合格だ。給金は……そうだな。通常の侍女の給金に少し色をつけた感じか」

「いいのですか？」

侍女の給金は、メイドより格段に高い。

「もちろん、君の能力を見ながらだが、閣下付きとなれば雑用も多岐にわたる。仕事に見合う対価だ」

「あ、ありがとうございます！」

城で暮らしている以上、生活に多くのお金がかかるわけではない。でもいつまで働けるかもわからないのだから、蓄えができるのならありがたい。

「ところで、詳しい仕事内容を教えていただけますか」

「そうだな。衣装係と清掃係を一手に引き受けたと思ってもらえばいい。閣下のスケジュールは私が管理している。一日の始まりに当日と翌日の予定を伝えるから、君は、閣下の予定に合った服を選んで、身支度の手伝いをしてほしい」

「はい」

それは衣装係の仕事の範疇《はんちゅう》だ。

「閣下の執務中は、部屋の清掃、衣装類の管理整頓をお願いしよう。時間の空きがあれば、閣下のそばで雑務の処理を頼む。といっても難しいことは頼まない。郵便物の整理や、休憩時の給仕などだな」

「わかりました」

「やってみてできないことがあれば相談してくれ。すぐは無理だが、雑用係を補充することも検討する」

その言葉にほっとする。できないことはできないと言ってもよさそうな雰囲気だ。

「だいたいこんなところか。他に気になることは？」

「大丈夫です」

アメリが引き下がろうとした時、執務机の方から声がした。

「勤務時間と休日を決めていないぞ」

声の主はルークだ。たしかに耳はちゃんと働いているらしい。

「ああ。そうですな。今はどうなっているんだ？」

「私は住み込みなので、だいたい朝七時から夜八時まで働いています。休みは必要な日を申告すれば取らせてもらえます」

「は？　全然休んでいないじゃないか」

ルークは不満そうに言うが、住み込みの使用人は皆似たようなものだ。

「メイドは皆そうです。代わりに、体調が悪い時や用事がある時は、ちゃんと融通してもらっています」

だから不満はないのだとアメリが言うと、ルークは眉間の皺《しわ》を深くした。

「おい、ロバート。シフトを組んで、週に一度は必ず休息日をつくるよう、使用人全員に通達しておけ」

「はっ」

「えっ。いいんですか？」

驚きが顔に出ていたのか、ルークは皮肉な表情でアメリを見つめる。

「なんだ？　俺だってそのくらいは休んでいるし、文官たちだってそうだろう」

「でも」

「ちゃんと手入れしなければ剣も切れなくなる。それと同じことだ。仕事も、根《こん》を詰めすぎるとかえってよくない。頭も回らなくなる。効率を考えれば、ちゃんと休んだ方がいいんだ」

あまりにも自信ありげに言われるので、アメリはひるみつつも言い返す。

「でも私の仕事は頭を使うものじゃないですし」

「体も同じだ。使いすぎれば動きが悪くなる。お前は若いからわからないだけだ」

ぴしゃりと言いきられた。言い方がきついのでひるんでしまうが、よくよく言われた内容を考えてみると、べつに怖くはない。むしろ人道的ないい提案だ。

「まさかそんな働き方が常態化していたとは思わなかった」

「そういえばメイド長も、いつ捜しに行ってもいましたな」

ロバートも腕を組んだ。ルークは立ち上がると、アメリのそばまで歩いてくる。

「じゃあ、お前の休みの日は俺の休みに合わせて、毎週日曜。その日は一日自由に過ごしていい。勤務時間は今と同じだ。その代わり仕事の合間に休んでいてもかまわない。無理に仕事を探すな」

「そんなわけにはいきません」

　給料をもらう立場としては、ただじっとしているのは逆に落ち着かない。

「では、執務室に押しかけてくる貴族令嬢を抑えてくれ。邪魔をされて迷惑しているんだ」

「そ、それは無理があるのでは……」

　立場の強い貴族令嬢を、アメリが抑えられるわけがない。

「部屋にいないと言うだけでいい」

「嘘をつけとおっしゃるのですか？」

「命令だ。つまり職務。お前は職務を全うしているだけで、嘘をついているわけじゃない」

「……そうでしょうか」

　ちょっとすっきりしない。いや、アメリにだって秘密はある。すべてをさらけ出して生きていける人間などいない。けれど、言わないのと嘘をつくことは別だ。

　どうにもすっきりしなくて押し黙っていると、ルークがため息をついた。

「じゃあいい。ロバートに取り次ぐといい。断るのはロバート、お前がやれ」

「はあ。まあかまいませんけど」

面倒くさいなというのが顔に出ている。

「すみません」

「いやいや、俺は君の上司だから、困ったことはなんでも言ってくれ」

なんだかんだと厄介事を引き受けてくれるロバートが、気の毒に思えてきた。

いい人というのは、得てして割を食うものなのだ。

「他に要望はあるか？」

「いいえ。では明日より、そのようにお仕えさせていただきます」

そもそも給料が、今までに比べて格段に上がる。文句などあろうはずがない。

「下がっていいぞ」

ルークはそっぽを向いたまま、手で退出を促す。本当に必要以上に女性とかかわろうとは思っていなそうだ。

「はい。失礼します」

執務室を出ると、ロバートが追ってきた。

「ああ、待て、アメリ」

「はい？」

「一応、雇用内容を記したものを渡しておこう。メイド長にも確認してもらってくれ」

「はい。ありがとうございます」

文書にしたためてくれる点で、彼らは誠実であると言える。無理難題を突きつけられた時に、これがアメリを守ってくれるはずだから。

「では明日からよろしくお願いいたします」

アメリは使用人控室に戻り、勤務表を作成しているマーサにも確認してもらった。

「待遇は悪くなさそうね」

「ええ。あと、他の使用人もきちんと休みを取るようにとおっしゃっていました」

「週に一度？　また簡単に言ってくれるわね。……まあわかったわ。シフトを組み直さなければいけないわね」

マーサはそう言うと、勤務表を見直し始めた。全体を把握し指示を出せる彼女にやはり代わりはいない。ルークの雑用係は自分で頑張らなければならないだろう。

「困ったらちゃんと言うのよ」

「ありがとうございます」

こうして、アメリは正式にルークの雑用係となったのだった。

『雑用係の秘密』

城の東側には使用人棟と名づけられた建物があり、使用人の私室はそこにまとめられている。アメリの部屋は一階だ。一階の窓はすべてすりガラスが嵌《は》められているので、外から覗かれることもない。

昔はふたり一部屋だったが、ルークの代になり使用人が減ったことから一人部屋を与えられている。

仕事を終えて部屋に戻ったアメリは、エプロンのポケットを軽く叩《たた》いた。

「フロー、もういいわよ」

《ひとりになった？》

飛び出してきたのは、白色の耳垂れウサギのぬいぐるみだ。アメリの死んだ母が手作りしたもので、通常ウサギの目は赤だが、青色の刺繍《ししゅう》糸で縫われている。ぬいぐるみが勝手に動くのは、お腹に宿る淡い光のせい。そしてこれこそが、フロー――フローライトの精霊なのだ。

「フロー。動かないでよ」

《誰もいないんでしょ？》

「そうだけど、いつ誰が入ってくるかわからないでしょう」

《大丈夫だよ。光が見えるのも、声が聞こえるのも、アメリだけだもん》

彼は楽観的に言うが、用心しておくに越したことはない。なにせフローの存在は、誰にも――マーサにさえも秘密にしているのだから。

アメリはフローを掴《つか》んで、ベッドの上に置いた。

「ぬいぐるみは誰にでも見えるでしょ。お願いだから、おとなしくしてちょうだい。あなたが精霊だってことも、私が聖女だってことも、ばれたら困るのよ」

《わかってるよ。それにしてもまさか、アメリがルークの雑用係になるなんてね》

「笑い事じゃないわ。私は平穏に生きていきたいだけなのに」

この国から聖女が消えて二十年。人々は、聖女が現れ、精霊の怒りを鎮《しず》めてくれることを願っている。

しかし、実際は聖女がいても精霊がいても、フローライト鉱山に起こっている怪現象に対処することなどできないのだ。

だからこそ、アメリは聖女であることを誰にも知られたくない。特にルークには。聖女であるということは前大公バートランドの血族だと明かすのと同義だ。処刑されるかもしれないなんて、考えただけでも恐ろしい。

（なのに、おそばで仕えることになるなんて……）

運命のいたずらとはこのことだろうか。

こんなことになるなら、あの時、フローがなんと言っても城に戻るべきではなかったのかもしれない。

＊＊＊

アメリの持つ一番古い記憶は、五歳の時のものだ。

その頃、アメリはアンリエッタという名で呼ばれていて、母とふたり、薄暗い地下室に住んでいた。

天井にある横長の明かり取りの窓から差し込む光と、通気口から漏れ出す光の他には、ランプがひとつしかなく、夜はとても暗かった。

しかし、窓の近くの壁には、カラフルなフローライトのかけらが埋め込まれていて、まれにそれが光ることがあった。

『フローライトって綺麗ね。色もたくさんあって、キラキラしている』

『そうね。フローライトはね、本当は透明なのよ。他のものと混じって、色がついているように見えるの』

母は、フローライトについてとても詳しく、フローライトが持つ性質をよくアメリに話してくれた。幼いアメリ——アンリエッタには理解できないことの方が多かったけれど、楽しそうに話す母のおかげで興味は持った。

母は足が悪く、いつもベッドにいた。裁縫が得意で、お手製のウサギのぬいぐるみにフローという名をつけ、アンリエッタとよくごっこ遊びをしてくれた。

『フローちゃんのこれも、綺麗ね』

ぬいぐるみの首にはリボンが結ばれていて、無色透明な宝石がついていた。これもフローライトなのだと、その時、母が教えてくれた。

『フローの宝物なのよ』

この頃は、ぬいぐるみに精霊が宿っているなんて知らなかったから、アンリエッタはこの会話もすべて母の創作なのだと思っていた。

当時、母の世話係だったマーサは、幼いアンリエッタの健康を考え、城に人の出入りが少なくなる夜を狙って、こっそり外に連れ出してくれた。

マーサは地下室に来ると、まずは母の世話をした。体や髪を拭き、清潔な衣服に着替えさせる。それが終わると、アンリエッタの番だ。

『いってらっしゃい、アンリエッタ。フローと一緒に待っているわ』

母がウサギのぬいぐるみを手にのせたのを見ると、母が独りぼっちじゃないと思えて、アンリエッタはいつも、ほっとしたのだ。


アンリエッタとマーサの間には、外に出るための約束事があった。

外に出ている間、アンリエッタの名前はアメリで、アメリの母親はマーサということ。マーサはいつも部屋を出る前に、それをアンリエッタに復唱させた。

部屋を出てから通る道は狭くて暗く、最初は怖くて泣きそうになった。だけど回数を重ねるごとに慣れてしまった。真っ暗でも、壁伝いに進めばやがて明るいところに出るとわかったし、そこは城内で、安全だったから。

『あら、マーサ。またアメリを連れてきたの？』

城の人間は、アンリエッタ――アメリをマーサが孤児院から引き取った孤児だと思っていた。

アンリエッタには、なぜ母を偽らなければならなかったのかわからなかったが、外に出た時は好奇心が刺激されてそれどころではなかったので、その理由を尋ねもしなかった。

手をつないで、使用人出口から城の裏側に出た。

『わーい。お月様が見える！』

一日中部屋の中で過ごすアンリエッタにとって、マーサとの夜の散歩は一日の楽しみだった。外は夜でも、月や星が光っていて本当に綺麗だった。

飛んだり跳ねたり、好き勝手動き回ったアンリエッタは、いつも最後に母のことを思い出した。薄暗い部屋にしかいられないなんて、とてもかわいそうだと。

アンリエッタは七歳になると、住み込みの使用人の子供たちと一緒に、文字や計算を習うことになった。

昼間に外に出ているので、母と過ごすのは夜だ。アンリエッタは母を喜ばせたくて、昼間読んだ本の内容をしっかり暗記した。

ベッドに並んで寝ころびながら、覚えた話を聞かせると、母はいつも喜んで『アンリエッタはすごいわね』と褒めてくれた。

友達もできて、アンリエッタがごっこ遊びをすることは少なくなっていったが、母はずっとぬいぐるみを大事にしていた。時折、ぬいぐるみに話しかける姿を見て、母だけは時が止まっているようだと、ぼんやり思ったこともある。

そんな生活が変わったのは、十歳の頃だ。

ある日、アンリエッタが部屋に戻ると母が倒れていた。一緒にいたマーサは、母の姿を見せないようにアンリエッタを抱きしめ、マーサの部屋まで連れていってくれた。

それから、アンリエッタは地下室に戻ったことはなく、母がどうなったのかはわからない。今思えば、あの時すでに死んでいたのだろう。

『これからあなたは、どんな時も私の娘でアメリです。いいですか？』

マーサのその言葉で、アンリエッタは、もう母のことを口に出してはいけないのだなと思った。

マーサを『ママ』と呼ぶことへの抵抗はない。今までもずっとそう呼んでいたのだから。だけど、『母様』がひとりで寂しいんじゃないかということだけは気になった。

『フローちゃんは？』

『ごめんなさいね。見つからなかったの。いったいどこに行ってしまったのかしら』

『そっか……きっと母様と一緒に行ったんだね』

じゃあ母はひとりきりじゃないのだと思い、アンリエッタは少しだけほっとした。

人の死に対して、当時のアンリエッタは理解が及んでいなかった。

死に顔を見ていないこともあって、なんとなく、母とフローが共に旅に出たような気がしていたのだ。

母の痕跡は、それきり綺麗さっぱりなくなってしまった。

それでも、アンリエッタにはマーサがいた。マーサが、愛情いっぱいに育ててくれたから、寂しくはなかった。だからアメリは、地下室で暮らした期間のことは、忘れようと決めたのだ。

やがて十六歳になり、アメリは正式にメイドとして雇用され、使用人部屋を与えられることになった。これを機に、アメリはマーサを『マーサさん』と呼ぶことにした。寂しさはあったが、今後は上司と部下という関係になるのだから、けじめをつけなければならない。

その頃、国の経済は悪化の一途をたどっていて、大公の悪政に不満がたまった民が、レッドメイン王国へ助けを求めに行ったと噂されていた。

フローライトが採れなくなったボーフォート公国に、他国が干渉したがるほどの価値はない。だからおそらく大公たちも、レッドメイン王国軍侵攻の噂が立っても、信じていなかったのだろう。

それから一年後、本当にレッドメイン王国軍を率いたルークが、開城を迫ってきて、初めて事の重大さに気づいたのだ。

『使用人は全員、地下室に向かいなさい。戦いが終わるのをそこで待つのよ』

突然戦火に巻き込まれた使用人たちを守るため、すでにメイドとしては古株だったマーサが指示を出し、鍵を開けるために地下へと向かった。アメリも彼女のサポートとして、皆に逃げるよう伝えながら城中を走り回った。

城の西端にある塔まで来たアメリは、そろそろ自分も逃げなくてはと思いつつ、塔を見上げた。塔の最上階は見張り台となっており、各階に貯蔵庫代わりの部屋がある。

そして地下には、アメリが子供の頃暮らした地下室があるのだ。塔の地下にありながら、塔にはその部屋につながる出入り口はなく、城の地下につながる秘密の通路のみが出入り口となる。

郷愁が胸を襲うが、浸っている暇はなかった。まもなく城門が破られ、城に兵士が突入してくることは容易に想像できた。

城に戻ろうと踵《きびす》を返した時、レッドメイン王国軍の鬨《とき》の声が聞こえてきた。

彼らの声は思いのほか近く、城内に戻るのは逆に危険だと感じたアメリは、マーサが心配するとは思ったが、塔の一階の貯蔵庫にいったん隠れることにした。

固く目をつぶり、恐ろしい侵入者たちに見つからないよう息をひそめていると、小さな声が聞こえてきた。

《……うう、たす、けて》

誰かが助けを呼ぶ声だった。その瞬間、アメリは自身の恐怖よりも助けなければという意思が上回った。

「誰？　どこにいるの？」と小声で話しかけながら周囲を見回したアメリは、積み上げられた箱の隙間にかすかな光を見た。

拾い上げると、それは薄汚れたぬいぐるみだった。しかも、なくなったと思っていた母お手製のウサギのぬいぐるみだ。綺麗な白色だった体は汚れて灰色になっていたし、首につけられていたリボンとフローライトもないが、間違いはない。

そしてふと、光っているのはそのお腹だということに気がついた。いぶかしんでじっと見ていると、ぬいぐるみがわずかに動いた。

《助けて》

またもや声がして、アメリは周囲を見回した。が、先ほどと変わったところはない。

《ここだよ……》

アメリは目を見張った。ぬいぐるみが親指をぎゅっと握ったのだ。

信じられないと思ったが、信じるよりほかなかった。指にはたしかに力を感じるし、声も聞こえたのだから。
《君……、アンリエッタかい？》という驚きの声とともに、アメリの手の中で、ぬいぐるみが顔を上げた。
《僕だよ、フロー》
「フロー？ フローちゃんがなんで勝手に動くの？」
《君、僕の声が聞こえるようになったんだね。大きくなって魔力が増えたのかな》
驚きすぎて放心してしまった。アメリにとって、フローは母が動かしているぬいぐるみだったのだから、当然だ。
《僕、もう消えちゃいそうなんだ。アンリエッタ。悪いけど僕に少し力を分けてよ。両手をくっつけて僕を手のひらに置いて、じっとしていてくれればいいから》
言われた通りにしていると、体の中のなにかが、手のひらから吸い出される感覚があった。
フローが「わあ！」と素っ頓狂な声を上げたかと思うと、ぬいぐるみのウサギがぴょんと跳ねた。
《動ける！ ありがとう、アンリエッタ》

アンリエッタは脱力感を覚えつつ、箱を背もたれにして座り込んだ。

「あなた……何者なの？」

《僕は精霊だよ。フローライトの精霊。このぬいぐるみは、ローズマリーが作ってくれた、アンリエッタと遊ぶための体なんだ。君、小さい頃は僕のこと、見えていなかっただろ？》

今の話からすると、母はフローと会話できていたことになる。

瞬間、アメリは子供の頃に学んだことを思い出した。

〝聖女は精霊と交流することができる〟

だとすれば、おのずと重要な事実が浮かび上がってくる。

「……母様は聖女だったの？」

その瞬間、アメリは今まで疑問に思っていたことの答えがわかった気がした。

聖女は純潔でなければならないと言われている。しかし、母にはアメリという娘がいるのだから、すでに純潔は失っていたはずだ。

（聖女だった母は、資格を失い、地下室に閉じ込められていたんだわ）

足が悪かったのも、もしかしたら逃げ出さないように傷つけられたのかもしれない。

アメリはぶるっと身震いをした。あの頃の母が置かれていた状況をようやく認識できて、空恐ろしい気持ちになる。

（ん？　待って。今私、フローの声が聞こえるわよ？）

「ねぇ、もしかして、私も聖女なの？」

《そうだね。歴代の聖女に比べれば、魔力は少ないけど》

一気に血の気が引いてくる。率直に湧き上がったのは、「冗談じゃない」という気持ちだ。

「聖女って言われたって困るわ。私、なにもできないわよ」

《そんなに構えないでよ。僕は聖女に多くを望んでいるわけじゃない。ただ、少しだけ魔力を分けてほしいだけなんだ。僕が消えなくても済むように》

「消える？」

《そう。人間で言ったら、死ぬってことだね。僕は今、常に力の足りない状態だから、補充しないと消えちゃうんだ》

「待って、全然理解できない！」

何度か質問を重ねながら、アメリはようやく理解する。

精霊が形を成すには核となるものが必要らしい。それが、フローにとっては、フローライトへの人々の〝感謝の想い〟だった。

想いが増えれば増えるほど、フローは力を増し、人がフローライトを忘れれば、それだけ力が弱くなるのだそうだ。移ろいやすいものが核なので、フローは非常に不安定な存在らしい。

そんなフローを支えてくれたのが、歴代の聖女だ。

彼女たちが持つ魔力を分けてもらうことで、フローは不足したエネルギーを補っていたのだ。

《さっきみたいに、時々魔力をもらえれば、少なくとも消えることはない。アンリエッタ、駄目かな？》

そう言われてしまうと、頷かないわけにもいかない。

たしかに魔力を取られると脱力感はあるが、倒れるほどではなかったし、実際アメリは魔力の使い方など知らないので、持っていても宝の持ち腐れだ。

「いいわよ。フローは友達だもの」

《やった。ありがとう、アンリエッタ！》

フローの明るい声に、アメリは少しうれしくなる。

「ねぇ、私のことはアメリって呼んで。今はみんなからそう呼ばれているの」

《わかった》

フローが頷いたのと同時に、爆音が響き、床を通して振動が伝わってきた。

『火柱……ルーク様の魔法剣だ！』

外からは、レッドメイン王国兵の声がした。

「敵兵みたい。どうしよう。フロー。見つかったら、私、殺されちゃうわ」

アメリのつぶやきに、フローは、ぬいぐるみの体を浮かせて貯蔵庫の奥まで動いた。

《おいでアメリ。こっちに隠れるところがあるから》

アメリは、木箱を動かした。すると、床に跳ね上げ式の小さな扉があった。

《ローズマリーがいた部屋は、ここの地下にある。あそこの天井に、明かり取りの窓があったのは覚えている？　外からの明かりを取り込んで、鏡を使って地下室に反射させるための狭い空間がこの下にあるんだ。君なら細いからたぶん入れる》

フローの言う通り、その入り口は、アメリくらいの細身の女性がやっと通れるくらいの大きさで、その下に広がる鏡が配置された空間は、立ち上がることができないほど狭い。でもしゃがんでいれば隠れることは可能そうだと思った。

なんとかそこに滑り込み、アメリは息をひそめる。

やがて、複数の兵士の足音が近づいてきた。扉が開いた音に、緊張が走る。

『誰もいないのか？』

ひとつの足音がすぐ近くまで近づいてきた。跳ね上げ扉の存在に気づかれたら終わりだ。アメリは息を止めて、時が過ぎるのを待った。永遠にも感じられるほど、長い時間に思えたが、実際にはそれほど長くはなかっただろう。

「上にも、誰もいないようだ」

別の兵士の声に、その男は奥まで踏み入るのをやめて戻っていった。

「どうやら、どの部屋も貯蔵庫になっているようだ。後でまた来よう」

足音が遠ざかり、聞こえなくなった頃、アメリはようやく息を吐いた。

《行ったみたいだね》

「そうね……あ」

頬を涙が伝っていた。自分でも驚いて、慌てて手で涙をぬぐう。

「ごめん、なんかほっとしたらつい……。ねえ。フロー。母様は……死んだのね？」

《……アメリ、知らなかったのかい？》

薄々思ってはいても、当時は信じていなかった。だけど、母の大事にしていたぬいぐるみがここにあるということは、間違いなく、母はもうこの世にはいないのだ。

会えなくなってから、極力考えないようにしていた母の思い出が、止めどなくあふれてくる。悲しくて寂しくて、涙が止まらない。

《泣かないでよ、アメリ。それにここにずっといるのは危険だ。僕、秘密の通路を知っているんだ。一緒に逃げよう》

「うん」

アメリは涙をぬぐって、狭い入り口からはい出し、目線の高さを浮遊するぬいぐるみの後をついていった。

たどり着いたのは、塔の東にある古井戸だった。フローいわく、実は浅くて下に地下道が走っているらしい。築城時につくられていた町に出るための避難経路ということだった。

そこを通って、アメリは無事、城下町の一角に逃げ延びたのだった。

その後、アメリは、王都の端に開設された避難所で、避難民として暮らした。人がたくさんいたので、フローとゆっくり話すことはできず、彼にはぬいぐるみのふりに徹してもらった。

一ヵ月後、戦争はレッドメイン王国軍の勝利で決着し、軍を率いていたルーク王子が、ボーフォート大公位を継いだ。

これで危険はなくなったため、避難所は順次閉鎖されることになった。そのため、猶予期間のひと月の間に、アメリは身の振り方を決めなければならなかった。

真っ先に頭に浮かんだのはマーサのことだ。

マーサは地下室に皆を逃がす役割をしていたから、生き残っている可能性は高いはずだ。マーサの無事を祈る一方で、アメリは彼女を捜さないでおこうと思った。

戦後の混乱の中、マーサと再会できたとしても、自分は足手まといになるだけだ。

これ以上迷惑をかけるわけにはいかず、自立するべきだと思ったのだ。

とにかく、働かなければ生きてはいけない。アメリは日銭を稼ぐため、食堂で給仕として働き始めた。

食堂では噂話が絶えず、アメリは多くの情報をここで手に入れた。

前大公バートランドの血族がすべて処刑されたという話も、ここで知った。

仕事を終えて避難所に戻るまでの間は、フローとの交流の時間だ。

フローは、アメリから魔力の供給を受けるようになってから、動きが活発になっていた。ぬいぐるみのままで動き回ろうとするので、アメリはひやひやしてしまう。

「ねぇ、フローって、そのぬいぐるみから出られないの？」

手にぬいぐるみをのせたまま、疑問に思って聞いてみると、フローは首を横に振る。

《出られるよ。ほら》

ふっとお腹のあたりにあった光が、ぬいぐるみを離れて宙にふわりと浮く。
「本当だ」
しかしすぐ、光はぬいぐるみの中に戻った。
《でも、このぬいぐるみの中が一番安全だから》
「どうして？」
《守護の魔法がきいているから。実は十年前、僕の精霊石が奪われたんだ》
「精霊石？」
《このぬいぐるみが首から下げていたフローライトだよ》
アメリはかつてウサギのぬいぐるみの首にリボンで結ばれていた無色透明の宝石のことを思い出す。フローによると、精霊石とは、純度の高いフローライトで、長い年月をかけて精霊の力を濃縮して詰め込んだものらしい。
「奪われたって誰に？」
《バートランド。いや、正確にはベリトかな。とにかく、悪い奴がいて、僕は精霊石を奪われたんだ。……ローズマリーが死んだ十年前のことだよ》
アメリは息をのんだ。
《その後、精霊石に黒魔法がかけられて、僕の力は常に精霊石に吸い取られるように

なってしまったんだ》
「吸い取られるって?」
《君が僕に魔力を与える時みたいなことが、僕にはずっと起こっているってこと》
アメリはフローに魔力を吸われると、結構な脱力感に襲われる。それが常時行われていたら倒れてしまうだろう。ただでさえ力が枯渇しているフローなら、消えてしまうのではないだろうか。
そう尋ねれば、フローは頷いた。
《そう。普通ならすぐに消えちゃう。でも、このぬいぐるみには、ローズマリーによって守護の魔法がかけられている。そのおかげで、ぬいぐるみの中にいると黒魔法の影響を受けないんだよ》
だから、見つけた時も、ぬいぐるみの中に彼はいたのだ。
《このぬいぐるみは、僕にとってローズマリーが残してくれた大切な命綱なんだ》
「そうだったのね」
アメリはぬいぐるみを優しく撫でる。見つけた時は薄汚れていたが、今はアメリが洗濯して、白くふわふわした毛並みになっている。
《……アメリ、僕は精霊石を捜して、壊したいんだ。それで、フローライトの変色現

象は収まるし、精霊石に力を奪われなくなれば、時間をかけて僕も力を取り戻せる》
フローが意を決したように言う。
「捜すって、どうやって？　どこにあるか、フローにはわかるの？」
《僕と精霊石はつながっているから、近くまで行けば、気配は感じられると思う。あるとすれば城だ。ねぇ、アメリ、城に戻ろうよ》
しかし、アメリは即答できなかった。
「お城は危ないいんじゃないかしら。一応私、王族の生き残りになるんでしょう？　素性を知られたら、殺されるかもしれないわ」
王族はみな処刑されたという事実が、アメリを尻込みさせる。
《それは……そうだけど》
フローも強くは出られないようで、そのまま話は流れていってしまった。

それから数日経ったある日、避難所にマーサが現れた。
有無を言わさず抱きしめられて、アメリの目に涙が浮かんだ。
母が死んだ時点で、マーサは重い職務から解放されたはずだった。
だから、その後も彼女がアメリの面倒を見てくれたのはただの善意であり、彼女にとっては負担でしかなかっただろう。

そう思ったからこそ、アメリはマーサを捜さなかった。なのに、まさかマーサの方から訪ねてきてくれるとは。

「王都にある避難所、全部回ったのよ。ここが最後だったの！　生きているなら、どうして連絡してくれなかったの」

「ご、ごめんなさい、心配かけて。私が捜して会いに行ったら、迷惑をかけるんじゃないかと思って……」

「馬鹿なことを。だったら覚えておきなさい。あなたは私の娘だって」

緊張の糸が切れたように、アメリはボロボロと泣いた。普段鉄面皮と言われるマーサも泣いていた。

アメリはこの時、マーサだけはなにがあってもアメリを見捨てたりしないと、心の底から信じることができたのだ。

落ち着いてから話をすると、マーサは以前と同じように城でメイドをしているということだった。

「ルーク様はいい人だわ。侵略されたという人もいるけれど、城内の秩序は以前よりずっといいの。私、メイド長に就任したのよ。ねぇ、アメリ。よかったらあなたも戻ってこない？」

アメリは迷った。バートランドの血縁者だとばれたら、殺されるかもしれないと思うと怖い。

《城に戻ろう、アメリ。僕も精霊石を捜したい》

それでも、フローの願いをかなえてあげたい気持ちもある。

アメリが母と似ているのは髪の色だけだ。結い上げてモブキャップをかぶれば目立たないし、かつての聖女の娘がメイドをしているなんて誰も考えもしないだろう。

聖女の娘とばれることはないと自分に言い聞かせて、アメリは頷いた。

「……また、お世話になっていいですか？」

返事と同時にマーサにぎゅっと抱きしめられた。

「ええ。もちろんよ。よかった。これでローズマリー様に顔向けできるわ」

アメリは彼女の献身に感謝し、共に城へと戻った。

城内には、ルークと共にレッドメイン王国から来たのであろう見たことのない貴族が多くいた。しかし、変わらぬ古参貴族もまた多く、前大公の体制が完全になくなったわけではないことがうかがえた。

マーサによると古参貴族は爵位の保持を許された代わりに、財産を半分ほど没収されたらしい。昔のように傲慢な態度をとる者はいなかった。

「あら、それ、ローズマリー様のぬいぐるみね。どこで見つけたの?」

マーサが、アメリのポケットから顔を出したフローに気づく。

「逃げる途中で見つけたの。ねぇ、マーサさん。母様は聖女だったのね」

マーサは驚いたように目を見開いた。

「知ってしまったのね。……まあ、歴代聖女の名前は、調べれば書いてあるものね」

「母様があんなところに幽閉されていたのは、私を身ごもったから?」

「そうね。大公様は、聖女の妊娠が人に知られるのを恐れていた。だけど、大公様の子は男児ばかりだったでしょう? もし、ローズマリー様の子が女だったら、次の聖女になる可能性がある。だから、ローズマリー様を自由にさせず、地下室に幽閉することを選んだのよ」

妊娠して聖女としての資格を失っても、聖女を生み出す母体として扱われたというのなら、彼女の人生はとても悲しくむなしいものだと思える。

アメリは身震いをした。力が弱いとはいえ、フローの声が聞こえるアメリは、間違いなく聖女だ。それをルークに知られたら、いったいどういう扱いを受けることになるのだろう。

「母様は私のせいで自由を失ったのね」

「それは違うわ。アメリ。あなたがいたから、ローズマリー様は幸せだったの。それだけは忘れないで」

「……はい」

アメリは頷き、気になっていたことを尋ねてみた。

「マーサさんは、私のお父さんのこと、知っている？」

「ええ。ローズマリー様の直属の護衛だったの。背が高くて、優しい力持ちだったわ。幽閉された時にはもう、姿が見えなくなっていたけれど」

「そう……じゃあもう、生きてはいないのね」

アメリは一瞬落ち込んだが、首を振ってその考えを追いやった。

だったらなおさら、自分の家族はマーサだけなのだ。マーサが望んでくれるなら、そばにいたいと思った。

「……マーサさんがいてくれてよかった」

「ええ。なにも心配しないで。いずれあなたが恋をして、誰かと一緒になるその日まで、私があなたを守るから」

マーサの言葉に救われた気持ちになりながら、アメリは使用人として、城で暮らすこととなった。

その日のうちに、アメリは使用人棟に部屋をもらい、翌日には仕事を始めた。

精霊石を捜したいフローが、アメリにぬいぐるみを連れて歩くように言ったので、エプロンのポケットにはいつもウサギのぬいぐるみが入っている。

ぬいぐるみから抜け出すのは消耗が激しくて危険だからと、今のところはアメリのポケットから気配を探る程度にとどめているようだ。

城は、全盛時代の名残で、意匠として壁にフローライトが埋め込まれている。

そのせいで、精霊石の気配がわかりづらいらしく、フローの目的も、なかなか達成しなかった。

＊　＊　＊

アメリが城に戻って三年。様々なメイド職をこなしていろいろな場所に出入りしたが、いまだ精霊石は見つかっていない。

《大公につく雑用係なら、今まで行けなかった王族の部屋にも入れるし、今度こそ精

霊石が見つかるかもしれない》
フローは明るい声で言うが、アメリは全然楽しくない。
「私は嫌よ。ルーク様に近づけば近づくほど、前大公の姪だってばれやすくなるじゃない。処刑されたらどうするのよ！」
《ルークはそんなに悪い奴じゃないと思う》
「なにを根拠に！　目つきとか鋭くてすんごい怖いんだよ？」
《君の伯父《おじ》さんより醜悪な男なんて、なかなかいないよ》
感情のない声で言われたので、余計辛辣に聞こえ、アメリはひやりとする。
「捜すのはいいけど、ルーク様の私室でフローに不審な行動をされるのは困るわ」
《わかっているよ。見つからないように気をつけるって》
「頼むわよ……まあ、決まったものはどうにもならないしね。頑張るしかないかぁ」
吹っ切るようにそう言って、アメリはベッドに横になった。
思いがけないことがありすぎて、心だけじゃなく体も緊張していたみたいだ。
布団の温かさに気持ちがほぐれると同時に、すぐに眠気が襲ってきて、アメリはそのまま目を閉じた。

『雑用係のお仕事』

昨晩、寝落ちしてしまったからか、アメリは早朝に目が開いた。

早々に身支度を整えたアメリは、ぬいぐるみの中で眠っているフローをエプロンのポケットに入れ、部屋を出る。

まだ仕事に向かうには早いので、アメリは散歩することにした。すると、使用人棟から近い、騎士団の鍛錬所の方から木刀を振っている音が聞こえた。

（こんな早朝から、訓練？）

覗いてみると、そこにいたのはルークだった。

「はっ」

訓練用の打ち込み人形に、木刀で打ちつけていく。そのたびに、ぼこっという鈍い音が鳴った。

ルークの動きは、無駄がなくて綺麗だった。額を伝う汗も気にならないように、一心不乱に木刀を振るう姿は、控えめに言っても格好いい。

打ち込み人形は一定の距離を空けて二体あるが、ほぼ同時にあたっているんじゃないかという間隔で音が聞こえてくる。

しばらく見入っていると、ルークが動きを止めた。そして、息を整え、木刀に向かってつぶやくような仕草をした。次の瞬間、ルークの木刀から火花が散り、上がった炎が打ち込み人形めがけて飛んでいく。

「すごい……」

アメリは思わず声を上げてしまった。すると、ルークがこちらを振り返り、睨んでくるではないか。

「す、すみません！」

慌てて頭を下げ、ルークの顔を見ずに走って逃げる。十分離れたところまで来てから立ち止まり、アメリは息を整えた。

《あれ、魔法だな。魔法剣って言うんだけど、かなり珍しい》

いつの間に目覚めたのか、フローの声が頭に響いた。

「魔法使いと剣術使いって、真逆の存在だと思ってた、私」

《普通はそうだよ。魔法を使える人間は限られているし》

レッドメイン王国は、王族が結界魔法を使うことで有名だ。その血族には魔力が受け継がれ、遠い親族にあたるボーフォートの王族もわずかながら魔力がある。

「ルーク様はレッドメイン王国の第三王子だから」
《間違いなく魔力はあるんだな。それにしても、あの使い方は珍しい》
フローが感心しているくらいだから、相当希少なのだろう。
早朝から訓練しているところを見ても、ルークは結構な努力家なのかなと思う。
(邪魔して、悪かったかしら……)
アメリは、ほんの少し申し訳ないような気持ちになった。

七時前にルークの執務室へと向かうと、扉の前でロバートが待っていた。

「おはようございます」

「来たか。おはよう、アメリ」

ロバートは少し眠そうだ。彼は城に住み込んでいるわけではなく、王都にある屋敷から出勤してきているらしい。

「まずは予定の確認をしよう。中に入ってくれ」

「はい」

執務室にはまだ誰もいなかった。

「今週は議会があるので、午前はずっと大会議場にいる。午後は執務室で政務か、騎士団に訓練に行くかだな。遠出の予定は今のところない」

「はい」

アメリはポケットから紙を取り出し、簡単にメモを取る。慣れれば暗記できるのかもしれないが、新しいことは覚えるまでに時間がかかる。ミスをするよりは、メモを取った方が安全だ。

「メモを取る習慣があるのはいいことだな」

ロバートもにっこり笑い、アメリがメモを取り終えるのを待ってくれた。

「今、閣下は鍛錬をしておられる。早朝から体を動かすのが日課だ。戻った後は朝食、それ以降執務という流れになる」

「さっき、散歩をしていたら鍛錬所でお姿を見ました。ルーク様は早起きなのですね」

「ああ。いつ寝ているんだか私にはさっぱりわからないな。もっと隙を見せてくれてもいいのにと思うが、あの方は昔からああだ」

おや、とアメリは思う。てっきり褒めそやすものだと思っていたのに、ロバートは不満そうだ。

「君の最初の仕事は、ルーク様の今日の衣服を選んでもらうことだな」

昨日もそのようなことを言っていた。本人に選ばせるとシンプルすぎるから、と。

「議会では服装の決まりなどはあるのですか?」

「いや、ない。しかし、他の貴族議員の服装が思いのほか派手なので、負けぬような装いを選んでもらいたい」

城に出入りする貴族たちの姿は、アメリもたびたび見かけている。

彼らは、前大公時代にいっときもてはやされた金のブローチや、金糸入りのフロックコートを身に着けていることが多い。

「……あれに負けないように、ですか？」

負けないように派手にしようと思ったら、赤や黄色の目立つ色を使った服を選ぶしかない。しかし、ルークは、顔立ちこそ整っているが、髪が黒く全体に落ち着いた印象がある。あまりに奇抜な色とは相性が悪い。

アメリは少し考え、「手持ちの衣装を見せていただいてもいいですか？」と尋ねる。

「ああ、では衣装室へ行こう」

二階の執務室から、王族や客人向けの私室が並ぶ三階に向かう。昨日シーツ交換の時に入った部屋の隣だ。

「衣装室はこちらだ。隣のルーク様の私室とは続き間となっている。衣装室の鍵はこれだ。君には衣類の管理もしてもらうから、自由に出入りしていい」

「え？　いいのですか？」

就任したばかりの雑用係をそんなに信用して大丈夫なのだろうか。もちろん、盗みなどする気はないが。

「君は雑用係だからな。もちろん、変な動きをしたら即刻斬首刑だ。わかっているだろう？」

「も、もちろんです」

アメリは手のひらにのせられた鍵をぎゅっと握る。

「では、失礼します」

衣装室といっても、普通に人が暮らせそうな広さの部屋だ。

壁一面にハンガーをかけられるパイプが通っていて、トルソーも三体置かれていた。とはいえ、持っている衣服の数は予想より多くなかった。

触ってみれば手触りがよくて軽いため、厳選された生地が使われていることはわかるが、余計な装飾がない。色も、黒や濃紺、濃茶といった地味なものが多い。

(極端に地味ね。ルーク様は髪色も濃いから、全体的に沈んでしまいそう)

「地味だろう？」

ロバートが身を乗り出すようにして聞いてくる。

そんな彼は、えんじの貴族服を着ている。襟もとを彩るネッカチーフがおしゃれだ。

「まあでも、議会とは討論するところでしょうし、ルーク様はお顔立ちがしっかりしているので似合わないことはないのでは……」

「そうはいっても、古参貴族らに軽んじられるのも困るのだ」

それはそれでもっともではある。この手持ちのカードで華やかさを演出しなければならないということか。

衣装室の奥の方を調べると、アクセサリーケースがあった。

「普段、ルーク様はアクセサリーなどをつけられるのですか?」

「いいや。当初、衣装係がいろいろ準備してくれたのだがな。選ぶものがルーク様の好みとは合わなかったようで、三日で辞めさせられてしまった」

昔はちゃんと衣装係もいたらしい。従者といい、つけてもつけても辞めさせられてしまうのだろう。

(いっそ、思いきり好きなようにやって、辞めさせられるのも悪くないか)

そう思い、アメリは気負いを捨てることにした。

アクセサリーケースの中には、様々な色の宝石が入っていた。フローライトが多いのは、以前の衣装係のこだわりだろう。

「では……こういうのはどうでしょう」

アメリが取り出したのは、フローライトのブローチだ。二色が帯状に現れる希少なバイカラーフローライトで、薄い水色の中に濃い紫色のラインが描かれている。

「この国のかつての特産品です。今は数が少なくなっているので、逆に希少価値があると思います」

顔を上げて、自信ありげに伝える。こういうのははったりが大事だ。

「議会には、古くからのボーフォート貴族も出席なさるでしょう？　フローライトを自ら身に着けるということは、この国を理解しようという気持ちの表れにも感じられます。鉱物としての価値は金に比べれば劣りますが、この国の成り立ちを考えれば、大公が身に着けるのにふさわしい装飾品だと思います」

アメリはいい考えだと思ったが、ロバートは難色を示した。

「その発想はいいと思うが、少し地味だな」

「たしかに、圧倒的富裕者の印象はないですが、フローライトの特徴は、色の豊富さにあります。ちょうどルーク様がお持ちのこのジャケットに合わせれば、とても品よく見えると思いますよ」

ジャケットの上にブローチをあてた。すると――。

「いいことを言うな」

どこからともなくルークの声がして、アメリは、驚きで息をのんだ。

見ると、続き間の扉の方から、ガウン姿のルークが、タオルで髪を撫でつけながら近づいてくる。

〝水もしたたるいい男〟という言葉をどこかで聞いたことがあるが、まさにそれだ。濡れているだけで妙な色気が発生している。

「ル、ルーク様っ」

アメリは勝手に顔が赤くなっているのがわかった。ルークは女嫌いなのだから、異性だと感じさせる態度を表に出すのはよくないとわかっているけど、止められない。

「汗を流してきただけだ。じろじろ見るな」

「す、すみませんっ」

謝ってはみたが、自分が悪いわけではないとアメリは思う。

「閣下、女性の前でなんて格好をしているのですか。鍛錬は終えたのですね。朝食は？」

ロバートが割って入る。

「まだだ。着替えるから、運ばせろ。服はお前が選んだものでいい」

どこから話を聞いていたのか、ルークはアメリが手に持っている服を指さして言う。

「……お食事で汚れると大変ですし、髪のお支度の後に着替えた方がいいと思いますので、先に召し上がってください。私は準備をしております」

「髪？　べつにこのままでも」

タオルでくしゃくしゃにしておいてなにを言うのか。

アメリは真顔になって首を振った。

「駄目です。大公としての威厳が必要なのですよね？」

雑用係なんて……と思っていたけれど、美男を着飾らせるというのは案外悪くない仕事だ。見た目が麗しい分、飾り甲斐《がい》もある。

「わかった。では俺の食事が終わるまで待っていろ」

ルークはロバートと共に続き部屋となっている私室へと向かう。

なにを思ったのか、ルークは部屋の入り口でアメリを振り返った。

「言っておくが、これは前大公の趣味だ。俺じゃない」

「え？　あ、はい。そうなのですか……」

なんの弁明なのかわからず戸惑いつつ頷くと、ルークはそのまま私室に消えていく。

（あの派手な部屋、本当は嫌なのかしら）

そう思ったらおかしくて、アメリは笑ってしまった。

ルークが食事をしている間に、アメリは、衣装をトルソーに着せていった。

ジャケットにブラシをかけ、小物をいくつか選ぶ。ルークの好みもあるだろうから、いくつか選択できるようにした方がいい。

(ウィングカラーのシャツに合わせるのだから、このえんじのアスコット・タイがいいかしら。濃紺のジャケットとの相性もいいわ)

子供の頃、たまに外に出られるのがうれしくて、周囲を細かに観察してきた。あれが似合うこれは似合わないなどと、ひとりで妄想していたことが、こんなところで役に立つとは思わなかった。

しばらくすると、ルークとロバートが衣装室に戻ってくる。

「アメリ、ルーク様の食事が終わられたので、頼む」

「はいっ」

アメリはルークに椅子に座ってもらい、正面に全身鏡を配置する。

「今日は議会ですから、強い為政者のイメージをつけたいと思います」

髪は真ん中で分け、後ろに流す。ルークは目力があるので、額を出し目がよく見えるようにすると、強い印象が与えられる。

（うわあ、やっぱり格好いいなぁ）

美形すぎて眩《まぶ》しい。だけど、それを表に出したら嫌がられそうなので、できるだけ目を合わせないようにした。

「着替えはこちらになります」

トルソーにかけた状態の衣服一式を見せれば、硬かったルークの頬が緩んだ。

「……いいと思う。シンプルだが存在感はある」

「あ、ありがとうございます」

ルークは立ち上がると、躊躇《ちゅうちょ》なくガウンを脱ごうとする。筋肉のついた肩から腕のラインが目に飛び込んできて、アメリは一瞬パニックになった。

このままでは彼の半裸を見ることになる。通常の衣装係は、着替えにはどこまで手を貸すものなのだろう。

うつむいて目をそらしつつ、シャツを手渡す。

「ま、まずはシャツを着てください」

そして背中を向けて着終わるのを待っていると、「おい」と声をかけられる。

「手伝え」

「あの、でも、い、衣装係って選ぶだけではないのですか？　ちょっと恥ずかしくて」

着替えの動作は、プライベート感が強いせいか、妙にドキドキしてしまう。

「他のメイドなら喜んで寄ってくるがな。まあいい。では着替えたら呼ぶ」

しばらくすると「着替えたぞ」とお呼びがかかる。

どうやら恥ずかしがっている間にジャケットまで自分で着てくれたようだ。

「うわあ……素敵」

用意した衣装は、アメリが想像したよりもずっとルークに似合っていた。

アメリは彼の首もとに手を伸ばす。

「タイを直してもよろしいですか？」

「ああ」

傾いていたタイを結び直し、フローライトのブローチを留める。

ルークはされるがまま受け入れ、じっとしていてくれた。

「お似合いです。こちらのブローチは、バイカラーフローライトといって、ひとつの石にふたつの色が入っている希少なものなのですよ」

「加工でくっつけたものではないのか。なぜ途中で色が変わるんだ？」

「フローライトは基本無色透明で、含有物によって色が変わると言われています。ですから偶然の産物です。このようにまっすぐなラインになるものは貴重ですよ」

「ふむ。綺麗なものだな」

彼は指でブローチの表面をなぞる。

「……フローライトはなぜ変色するようになってしまったのだろうな。あれがなければ、この国もここまで困窮しなかったのだが」

「そうですね」

アメリが相槌《あいづち》を打つと、ルークは話を続けた。

「今後は、鉱業の復興に力を入れていく予定なんだ。それで、調査をしていたら、聖女に行きあたった。お前は聖女がどういう要件で現れるか知っているか？」

思いがけない言葉が出てきて、持っていたブラシを取り落としてしまった。

「失礼しました！」

「いや、いい。……国内では有名な話らしいな。精霊は聖女を溺愛し加護を与え、それゆえにこの国にも恩恵を与えていたのだと。だが聖女が失踪したことで、国はその恩恵を受けられなくなったのだとな」

「えっ……」

アメリは疑問に思う。

フローは聖女に加護を与えていたわけじゃない。国全体を守っていたはずだし、今だって、国を守ろうとしてくれている。できないのは、力が奪われているからだ。

聖女と精霊の関係も、アメリがフローから聞いた限りでは、不安定なフローの手助けをしていたのが聖女だという認識だ。

「……精霊が加護を与えていたのは国にです。聖女はただ、精霊と会話できただけだと思いますよ」

ポケットの中がかすかに動く。きっとフローが頷いているのだろう。

「そうなのか？」

「聖女は切れ間なく現れるわけではありません。聖女がいない時代だってありましたよね。でも、その間、フローライトが採れないことなどなかったと思います。だから、加護は聖女に付随するものではないかと」

「であれば、この十年で起きているフローライトの変色現象の原因はなんなのだ？聖女の失踪は関係なく、精霊はすでに国を見放しているのか？」

ルークの表情が真剣みを帯びてくる。アメリは戸惑いつつも、答えた。

「精霊は、この国を見放したりしていません。黒く変質するとはいえ、採れないわけではないのですから。むしろ、別の力がかかっているとか、精霊が力を出せない状態になったと考えた方が自然では？」

「ふむ」

ルークが興味深げに頷き、アメリを凝視している。

「な、なんですか」

「いや、お前にわかる話じゃないと思っていたから、返答があって驚いただけだ」

「あ、そ、そうですよね。申し訳ありません。思いつきを話してしまいました」

とにかく笑ってごまかそう。アメリはルークの肩を掴んで無理やり前を向かせる。

「さっ、仕上げをいたしましょう」

さっき完璧に仕上げた髪を、もう一度とかしてごまかしていると、ルークがぼそりと言った。

「……王族を処刑したことで、もう聖女は生まれない、だから二度と精霊の加護を受けることはできないと古参貴族たちに言われたのだ」

ルークの表情に変化はないが、アメリは彼の苦悩を垣間見た気がした。

「だからと言って、国の復興を諦《あきら》めるわけにはいかない。なんとしてでも、国を支える産業を育てなければならないんだ。……だから、お前の考えがあたっているなら……それは心強い」

アメリが手を止めると、ルークは終わったと思ったのか、立ち上がった。

「悪くない。派手ではないがしっかり華やかにはなった」

「ルーク様はお顔が麗しいですからね。本当はもう少し色味を足せばいいと思うんですけど」

「例えば？」

「イエローフローライトとか。希少ですけど綺麗ですよ？　透明感があるので、紺や深緑の色味とも合うと思います」

「ふむ。では今度、商人を呼んでみるか」

想像してみて、おそらくはよく思えたのだろう。口もとはいつもよりも緩んでいた。

「おお、閣下が笑っている！　珍しいですね！」

アメリが内心思っていたことを、脇から見ていたロバートが口にした。すると、一瞬でルークの表情は冷徹なものへと変わってしまう。

「ああ？」

声にも威圧感たっぷりだ。

「またすぐ怒る。そんな言い方していると女性は怖がりますよー。そもそも顔が怖い。さっきみたいに笑ってください」

「うるさい！」

言えば言うほど、ルークの機嫌を損ねているロバートがなんだか不憫《ふびん》だ。

「……なんだ。なにを笑っている」

我慢していたつもりだったが、表情が緩んでしまったらしい。

「も、申し訳ありません。おふたりの言い合いが、……なんというか、おもしろくて」

弁明しようとして弁明になっていないことに気づき、それにもおかしくなってくる。

「ごめんなさい。でも、ふ、あはっ、あはは」

ついにアメリは笑いをこらえられなくなってしまった。

こうなると、自分でも不思議だが、笑いが止められない。いけないと心の中では思っているのに、真剣そうなルークの顔を見て、またおかしくなってくる。

「お前は、度胸があるな」

あきれたようにルークが言う。

「す、すみません」

ようやく発作のような笑いが収まると、さすがのアメリも焦ってくる。

怒られるだろうと、とりあえず背筋を伸ばして罵声を受け止める準備をするも、ルークはその後、まるでアメリの発作がうつったかのように笑いだした。

「くっ……くっ、そこで笑うか？　ああ駄目だ。おかしい。変な奴だな、お前」

「え、褒められてます？」

「褒めてはいない」

調子に乗るとすぐに落とされる。まあでも、笑ってもらえたのはちょっとうれしいかもしれない。

「さあ、議会だな。いくぞ、ロバート」

「はっ。アメリ、閣下の不在中は、私室の清掃やベッドメイクを頼む」

「はいっ」

気合を入れて答え、アメリは衣装室を片づける。その間に、ふたりは慌ただしく出ていった。

「……はあー」

緊張が解け、アメリは大きなため息とともに、その場に座り込んだ。

《出てもいい？　アメリ》

ポケットがもぞもぞと動く。

もう誰もいないので、アメリは「いいわよ」と答える。同時に、ポケットからはぬいぐるみが飛び出してきた。

《ふう、自由だー》

ぬいぐるみの腕がピーンと伸びた。精霊でもポケットの中は窮屈という感覚はあるらしい。

フローはふわりと浮き上がり、続き間であるルークの私室へと入っていく。アメリは慌ててぬいぐるみを追い、手に掴んだ。

「ちょっと待って！　荒らしては駄目よ。物には触らないで気配で探ってちょうだい」

《えー》

「この部屋を守るのも私の仕事——」

言いきる前に、突然、廊下側の扉が大きく開いた。

「きゃっ」

驚いて振り向くと、ロバートとルークが押し合うようにして入ってくる。

「私が取ってくると言ったでしょう」

「お前では場所がわからんだろうが。……ん？」

ルークはアメリに目をやると、動きを止めた。

「お前……、なんだ？　それ」

彼の視線は、アメリの手の中にあるぬいぐるみに注がれている。もうつかまえた後だから、フローが飛んでいたのは見られていないと思うが、ひやひやものだ。

アメリは一瞬焦ったが、すぐに作り笑いでごまかした。

「ルーク様、お早いお戻りで」

「ぬいぐるみか？　ははっ、アメリも案外かわいらしい趣味があるんだな」

先に声を発したのはロバートだ。からかい交じりの口調に、アメリの顔が赤くなる。

「だが仕事中だ。人形遊びは控えてもらわねば」

「申し訳ありません」

「悪いが、預かろうか」

大きな手が、アメリの前に差し出される。でも、フローを取られるわけにはいかない。アメリはギュッとぬいぐるみを握りしめると、必死に抵抗した。

「部屋に置いてきます。だから取らないでください」

「だが……」

「母の形見なんです」

ロバートの顔から笑顔が消える。同情されたいわけではないが、こうでも言わないと取られてしまうので、悲壮感をあえて表に出してみる。

「母が唯一私に残してくれたものなんです。ですから……」

「ポケットが妙に膨らんでいると思っていたが、ぬいぐるみが入っていたんだな」

ルークの声が、ふたりの間に割って入る。とはいえ、彼自身の視線は東側の本棚の方に向いていた。迷いもなく手を伸ばし、緑色の背表紙の本を取り出す。

「……持っていて、仕事に支障があるわけじゃないだろう。それに必要に応じて休憩してもいいと俺は言ったはずだ。べつにとがめるようなことじゃない」

「閣下」

「時間までに、この部屋が片づいていればいいんだ。ロバートあったぞ。これで問題ない。行くぞ」

「は、はい」

ロバートの気まずげな視線に、アメリは頭を下げることで応える。

部屋から出る間際に、ルークは一度だけアメリを振り返った。

「部屋に置いてこなくてもいい。なくすなよ」

「あ、ありがとうございますっ」

そのまま、ルークは無言で出ていってしまう。

「……よかった」

安堵で体の力が抜けてきた。

《ふー、焦ったな、アメリ！》

「うん。ほんとに、……取られたらどうしようかと思ったよ」

これがなくなったら、フローとも離れ離れになってしまう。今やぬいぐるみは母の形見というだけでなく、大事な友人であるフローを守るためのものでもあるのだ。

だからこそ、所持を許してくれたルークには感謝の念が湧いた。

（恩返しじゃないけど、お部屋をピカピカにしよう。ルーク様が過ごしやすいように）

ベッドからシーツをはぎ取り、リネン室から洗濯済みのシーツを持ってきて付け替える。皺ひとつないようにピンと伸ばして、枕カバーなども取り替えていく。

テーブルもソファも丁寧に拭き、ここが彼にとって居心地のいい場所であれと願う。

どことなく空気も綺麗になったように、アメリには感じられた。

＊

ルークの私室を片づけていくアメリを見ながら、フローは精霊石の気配を探る。

フローライトの気配は感じるものの、それは壁に埋め込まれた装飾だったり、望遠鏡のレンズだったりで、精霊石ではない。

ここはかつてバートランドの私室だった。だからこそ、精霊石はここにある可能性が高いと思っていたのだが、予想は外れだったようだ。

《気持ちいいね》

《ねー》

フローに聞こえたのは、自分以外の精霊の声だ。

(……すごいな、いろんな精霊が来ている)

気がつけば、テーブルの材料だったオークの精や花瓶に飾られた花の精たちが集まってきていた。人の形をとれるほど、強くはないようだ。アメリの目には太陽の反射できらめいている程度にしか見えていないだろう。

(ここの空気が、気持ちよくて集まってきたのかな)

アメリには魔力があり、無意識にそれを振りまいている。住む人にとって心やすらかな場所となれという願いが、彼女の魔力を通じて、この場を洗浄しているのだ。

(呪文を使わずに魔法を使う子も珍しいけれど、使い方を知らないから自然とこうなったのかもしれないな)

フローはそんなふうに結論づけ、アメリを見つめる。

＊

午前の終わり、ルークとロバートが戻ってくる。

「ずいぶん綺麗にしたんだなぁ、アメリ」

「任せてください。掃除は得意なんです」

胸を張ってロバートに返しながら、若干期待してルークの方をじっと見つめる。

「ご苦労」

しかし、ルークの反応はあっさりしたものだ。

（あれ、なんだ。こんなものか）

ぬいぐるみの保持を許されて、うれしくて張りきってしまったが、ルークにしてみれば、使用人が仕事をするのはあたり前のことだ。仕事ぶりにいちいち喜んだりするわけがなかった。

そう思ったら、急に恥ずかしくなってきた。

ルークはジャケットを脱ぐと、アメリに預ける。

「今日はそれの手入れをしたら、もう休め」

脱いだばかりのジャケットには彼のぬくもりが残っていて、アメリはふと、彼も生身の人間なんだよなぁとあたり前のことを実感する。

「え？　でもまだ時間が……」

「今までの部屋付きメイドの誰よりも、部屋を綺麗にしている。すごいとは思うが、毎日これではお前が持たないだろう。今日の仕事としては十分だ。後は明日でいい」

「でも……」

困ってロバートを見ると、「閣下がそう言ったら聞かないので、ジャケットの手入れだけ頼む」と頷かれた。

アメリとしては、困惑するばかりだ。

(どうしよう。やりすぎだったの？　それともなにか気に入らないことがあった？)

今までされたことのない対応に、不安しか湧かない。

「あ、あと。この服はよかった。明日の服も今のうちに選んでおけ」

そう言うと、ルークとロバートは執務室へと行ってしまった。

「……褒められた……のかな？」

アメリは衣装室に戻り、ジャケットにブラシをかけ、ハンガーにかけておく。

「明日も議会だっけ。……今度はなににしようかなぁ」

ひとりになったからか、体がどっと重く感じられた。あくびを噛み殺しながら、たしかに疲れたかもしれないと思うアメリだった。

『これは雑用に入りますか』

雑用係二日目の朝である。

いつものようにポケットにフローを入れて、七時めがけてルークの私室に行くと、ガウンをまとったルークがバスタオルで髪を拭いているところだった。

昨日同様、濡れ髪の色気たっぷりの姿を見せられて、朝からお腹いっぱいだ。

ロバートとルークの一日の予定を確認し、昨日決めておいた服に着替えてもらう。

「髪とかしますね」

さらさらした髪からする石鹸の香りとか、耳にうっかり触れてしまうとか、身支度の手伝いには危険がいっぱいだ。無駄にドキドキしてしまう。

平常心を保つために、アメリは脳内で早口言葉を繰り返した。

(あれ……?)

ブラシの滑りがいいことに気づき、ルークの顔をまじまじと見る。

(肌が滑らか。……昨日より血色もいいかも。体にいいものでも食べたのかしら)

「昨日は」

おもむろにルークが口を開き、アメリはぎょっとしつつも続きを待つ。

「よく眠れた」

「そ、そうですか。それならよかったです」

「お前、ベッドになにかしたのか？　あんなにすぐに寝ついたのは子供の時以来だ」

「普通に掃除をしただけですよ」

（なにか疑われている……？）

心外だ。ゆっくり休めますようにと願いを込めてベッドを整えたというのに。

「まあいい。着替える」

ルークが突然ガウンを脱いだので、アメリは顔を押さえた。

「きゃーっ、すぐ脱がないでください」

「早く慣れろ。いちいち騒がれるのは面倒だ」

アメリが騒いでいるうちに、ルークは自分で着替えてしまう。

やがて、「ふっ……」と笑いがこぼれたような音が聞こえてきた。

薄目をあけてルークを見れば、やはりこっそり笑っている。

「……なんですか」

「見ているんじゃないか。ははっ、お前は変な奴だな」

「ちらっとですよ！」

この軽妙なやり取りを楽しいと思ってしまって、アメリとしては複雑な気分だ。

（ルーク様、案外優しいし、思ったより笑うんだよね。……女嫌いなんじゃなかったっけ？　自分から近寄ってくるタイプじゃないならいいのかしら）

「さて、今日の掃除は軽くでいい。午後から執務室で作業をするから来てくれ」

「はい」

返事をして、議場に向かうルークとロバートを見送った。

使用人用の食堂で昼食を取った後、アメリは一度自分の部屋に戻った。

「フロー。午後からは執務室に行くから、絶対にポケットから出てきちゃ駄目よ。人がいっぱいいるんだから、もぞもぞ動くのも禁止」

《わかっているよ。でも、じっとしているのもしんどいんだよなぁ》

再会したての時は瀕死状態だったフローも、毎日アメリの魔力供給を受けるようになって、ずいぶん回復していた。そのせいで、動きたくてたまらないのだ。

「だいぶ元気になったし、少しなら、ぬいぐるみから離れても大丈夫なんじゃないの？　適宜抜け出せばいいじゃない」

《まあ、そう……かな。じゃあ、別行動してみようか》

光の球が飛び出ると、ぬいぐるみは力を失ったようにパタリと床の上に落ちた。

「力を奪われきる前に戻ってきてね」

アメリはぬいぐるみを拾い上げ、いつものようにポケットに入れる。

《うん。そんなに遠くには行かないよ。アメリは執務室にいるんでしょ？》

「その予定よ」

こうして午後からは一度別行動をすることになる。アメリは執務室のある二階まで行ってから、ふわふわと浮かんで遠ざかる光を見送った。

執務室の前に立つ衛兵は、事前に知らされていたようで、アメリが名前を言うと通してくれた。

「おや、君が雑用係かね」

中にいたのは、初老の補佐官ひとりだけだ。留守番をしているのかもしれない。

「はい。アメリと言います」

「私はカール・アチソンだ」

彼は子爵で、古くから城勤めをしているそうだ。歴史を学んでいて、三年前にルークの補佐官となったのだという。

「仕事は慣れたかい？」

「まだなったばかりですから……。でも、衣装を選ぶのは楽しいです」

「ルーク様は、少し頑《かたく》なところはあるが、信念を持ったいい君主だよ。理にかなっていると思えば、敵対する人間の話もちゃんと聞く。私は、以前は閑職にしかつけなかったが、国を理解するには歴史をないがしろにしてはならないと言われて、過分な職に就かせていただいた」

「そうなんですね」

カールは穏やかな話し方をするので、ついつい聞き入ってしまう。

しかし、アメリとしてはルーク様がお戻りになる前に、軽く清掃しなければならない。

「あの、ルーク様がお戻りになる前に、軽く清掃してもよろしいでしょうか」

「おお、そうかい。では私は奥でおとなしくしていようかね」

窓辺の椅子に移動したカールを横目に、アメリは雑巾で机や椅子などを拭き始めた。

ひと通り終わった頃に、廊下の方が騒がしくなる。

「いたのか」

入ってきたのはルークだ。その後ろからロバートも入ってくる。

「おっ、アメリ、ご苦労さん」

残る補佐官たちもやって来て、執務室はにわかににぎやかになった。

こうなると、掃除などしている場合ではない。

「ええと、私はなにをしたらいいでしょうか」

おずおずと聞くと、ルークが軽く眉を寄せる。

「お前は俺の雑用係だ。用があれば声をかけるから、その辺に座っているといい」

ルークが指さしたのは、先ほどまでカールが座っていた窓際の椅子だ。

「いえ、さすがに座るのは。では御用ができるまでそちらの書棚のあたりで待たせていただきます」

清掃道具を片づけてから、こそこそと西側の本棚の前に立つ。

ルークはたくさんの書類に囲まれていた。ロバートを中心として、補佐官たちが書類を仕分けたり、ルークの問いかけに意見を返したりしている。

（なんの話をしているのかまったくわからないわ。うう……、早く帰りたい）

いたたまれない気持ちでいると、ルークがまたも不満げにこちらを向く。

「立っていられると気になる。座っていろ」

「いやでも、仕事中ですし」

「気が引けるというなら、お茶の準備でもしてくれ」

「は、はいっ」

ようやく執務室を抜け出す理由をもらえてほっとする。

アメリは深々と頭を下げると、足早に執務室から飛び出した。

厨房でお茶道具とちょっとした甘いものを頼んでいると、マーサが入ってきた。

「あら、アメリ。どう？　ルーク様の雑用係は大変？」

「思ったほどじゃないっていうか……用ができるまで待っていろって言われることの方が多くて困っています」

「あら、公然と休めるんだから、ゆっくりしていればいいじゃない」

「周囲は難しい仕事をしているんですよ。落ち着かないです！」

自分が役立たずのように感じるのは精神的によろしくない。

「だったらこう考えればいいわ。あなたの仕事は、ルーク様が仕事しやすい環境を整えることよ。集中が途切れた時にお茶を出したり、話し相手になって、あの眉間の皺を取れるよう努力したりするの」

それは考えもしなかったことで、アメリは感心してマーサを見つめる。

「ただのメイドじゃなくて雑用係なのだから、主人《あるじ》が過ごしやすいように気を配らないとね。空いた時間はそれを考えるために与えられたと思っていなさい」

マーサが、ぱちりとウィンクする。

「なるほど」

アメリはふと思い出す――マーサが母の世話係をしていた頃、彼女はいつだって、母とアメリが明るい気持ちになれるよう、気を使ってくれていた。

（そうか。私もそういうふうにお世話をすればいいのか……）

ストンと腑《ふ》に落ちた感覚がした。

「わかった気がします。……やってみます」

「じゃあ手始めに、とっておきのお茶の入れ方を教えてあげましょうか」

「お願いします！」

「大事なのはね、蒸らし時間なのよ」

即席だが、マーサからレクチャーを受け、アメリは意気揚々とお茶道具ののったワゴンを引いて執務室へと戻る。

しかし、せっかく上がった気分を突き落とすかのように、とがった声が響いてきた。

「ですから、ルーク様に面会をお願いしたいのです」

執務室の前で、令嬢がひとり金切り声をあげていた。

「申し訳ありません。テンバートン侯爵のご令嬢とはいえ、閣下は執務中ですから」

城の敷地内は、基本、貴族階級の出入りは自由だ。衛兵は、高位貴族の令嬢を力ずくで排除するわけにもいかず、困っているようだ。

ふっと頭をよぎったのは、『執務室に押し掛けてくる貴族令嬢を抑えてくれ。邪魔をされて迷惑している』というルークの言葉だ。先ほどマーサにも言われたばかりだ。ルークが過ごしやすい環境をつくるのが仕事だと。

(ええと。ジャイルズ伯爵様に伝えればいいんだったよね。でも、執務室に入るには、令嬢の前を通らなきゃならないし……どうすればいいかな)

アメリが躊躇していると、令嬢の方がアメリに気がついた。

「お茶係が来たじゃない。今から休憩なさるんじゃないの?」

指を突きつけられて、アメリはぎょっとする。

顔が判別できるほど近づかれて、アメリは彼女が何者なのかわかった。古参貴族のテンバートン侯爵と共に登城したのを見たことがある。名前はたしか、フェリシアだ。

「ね、あなた。このお部屋に運んできたのでしょう? ルーク様にお茶を入れるのよね? 私が入れて差し上げます。さあお貸しになって?」

「え。でも」

「大丈夫よ。お茶の心得はちゃんとあるの。……失礼いたしますわ！」

「あ、あの」

彼女はアメリからワゴンを奪うと、衛兵の制止を振りきり、中に入っていった。人の話を聞くでもなくすごいペースで話を持っていかれて、口を挟む隙がない。

（私、ここで引き下がっていちゃいけないんじゃない？）

最初はあっけにとられていたアメリだが、我に返って令嬢を追いかける。

しかし、時すでに遅し、そこはすでに修羅場になっていた。

「帰れ。俺はメイドに茶を頼んだのであって、君にではない」

「ルーク様、父からも話があったでしょう。この国の大公となったあなた様には、国の内情を知る妻が必要だと」

「この三年、俺は妻がいなくとも政務を行ってきた。それに文句があるのか？」

不機嫌そうなルークを前に、フェリシアはひるむ様子もない。

（あのルーク様が怖くないんだ。すごいな）

思わず見入ってしまっていたら、ルークが視界の端にアメリをとらえた。

「アメリ！」

「はいっ」

「茶を。お前に頼んだんだ」

「はいっ。失礼いたします、テンバートン侯爵令嬢様」

アメリは彼女から再びワゴンを奪い取ると、給仕用にしつらえられているスペースへと運ぶ。その間、フェリシアからのじっとりした視線は感じるが、気にしたら負けだ。アメリはできるだけ毅然《きぜん》とした態度でいようとする。

効き目がないと思ったのか、フェリシアは鼻を鳴らすと、ルークに向き直る。

「失礼ですが、ルーク様。三年前とは状況が違いますわ」

「どのように？」

ルークの問いかけに、ひるむことなくフェリシアが答える。

「あの時は国政の立て直しに必死でしたもの。妻を娶る余裕がないというのも理解できます。でも、これからはこの国を発展させていかねばならないはずです」

「もちろんだ。議会でもその話はした。今後は鉱業の復興に力を入れると」

「でしたら、あなた様と古参貴族が手を取り合うことが必要でしょう？　古参貴族の中でも有力な我が家の後ろ盾を得ることこそ、復興への近道なのでは？」

フェリシアがきっぱりと宣言する。よくも悪くも、自分のセールスポイントはわかっているようだ。

ルークはまったく興味がないとばかりにため息をつき、細目でフェリシアを睨んだ。

「違うな。鉱業を立て直すのに必要なことは、変色現象の原因を突き止めるための正確な調査と採掘方法の見直しであり、貴族の後ろ盾ではない」

「あら、そうでしょうか。事は単純じゃありませんわ。フローライトに関しては、聖女がいなければどうにもなりません。でも聖女はもう生まれない。他ならぬルーク様が、王家の血筋を断絶させたのですもの」

「王族の断絶とフローライトの採掘は関係ないだろう」

ルークが言いきれば、馬鹿にしたように鼻を鳴らしてフェリシアがたたみかける。

「ルーク様は他国出身ですからご存じないのですわ。精霊は聖女を愛しているから、国に恩恵をもたらしてくださったのです。でも先代の聖女は失踪……精霊を裏切りました。だから精霊はお怒りになり、変色現象が起こるようになったのですわ」

(フェリシア様がこう言うということは、古参貴族やその子息令嬢たちは、同じような認識でいるってことよね？　長年、精霊の恩恵を享受しているうちに、勝手に事実がゆがめられてしまったのかしら)

ルークはフェリシアにあきれた視線を向ける。

「以前にも、古参貴族からその話を聞いたことはある。王族からしか聖女が生まれないというのは、まあいいだろう。しかし、聖女がいなければ精霊が加護を与えないというのは納得がいかない。かつては聖女がいない時代にもフローライトは採れたのだから」

毅然と反論しているところを見ると、昨日アメリが話した、精霊はこの国を見放したりしていないという話は信じてくれているのだろう。

「信じてもらえないなら仕方ありませんわね。でも実際、まともなフローライトは採れないのですから、フローライトで国を復興させるのは無理です。その代わりとなる可能性があるのは金ですわ」

「金？　以前にも金鉱脈を探したが、たいした成果が出なかったのではないのか？」

ルークが眉を寄せる。

「まだ内密のお話ですけれど、我が領で、新たな金鉱脈が見つかったのです。次々採れておりますのよ？」

「まさか」

「本当です。お父様が支援している商人が見つけたのです。細工師も手配して、我が領が中心となって流通させる予定です。ですから、今のうちに私と縁づいておくことは、ルーク様のためにもなるはずですわ」

「妙だな……」

ルークが難しい顔をしている間に、アメリはお茶を入れ終えた。

状況が状況なので、ルークの分だけでなく、フェリシアの分も用意してある。

「あの……お茶の用意ができました」

「ああ」

むすっとした状態で、ルークが立ち上がる。

「あ、お持ちします」

「いや、いい。そこに置いておけ」

ルークはそっけなく言うと、フェリシアを睨みつける。

「その話はテンバートン侯爵と直接する。君はもう帰ってもらって結構だ」

「なっ」

「あ、お茶、入れてありますので、どうぞ飲んでから」

取り繕うつもりで言ったのだが、フェリシアは思いきりアメリを睨んで出ていった。

(……あら？　かえって怒らせたのかしら)

感じの悪い人である。そしてその様子を見て笑っているロバートもルークも若干感じが悪い。

「……余ってしまいましたね。あ、ジャイルズ伯爵様、よろしければどうぞ。補佐官の皆様の分も入れますね」

「ああ、いただこう」

執務室に、紅茶の香りが漂う。マーサ直伝の入れ方で入れた紅茶は、みんなからの評判もよかった。

「頭がすっきりしてきたな」

「そうですね。これはおいしい紅茶だ」

しみじみとつぶやき、一杯目を飲み終えた頃、「状況を整理しよう」と、ルークがロバートに向かって話しだした。

「ボーフォート公国の鉱業が不調に陥ったのは、十年前。フローライトが変色するようになったからだ。これが公国没落の始まりともいえるだろう」

「でもこちらの資料によると、採掘量が頂点に達したのは二十年前で、そこから変色現象が起こる十年前までの間は、下降傾向にあります。没落の始まりというなら、このあたりからでは？」

ロバートが示したのは、フローライトの過去五十年の採掘量を示したグラフだ。ずっと上昇を続けていたグラフが、二十年前を境に下降し始め、十年前のタイミングで急降下している。

「まあそうだな。二十年前は聖女の失踪。じゃあ、十年前には、なにがあったんだ？」

ルークが皆に問いかけるも、ロバートだけでなく、補佐官たちも顔を見合わせるだけで黙っていた。

（十年前。……母様が死に、フローの精霊石が奪われて黒魔法をかけられた）

あの時のことをこの場で知っているのはアメリだけだ。

「ちなみに、金の方はどうなんだ？」

「こちらの資料が、金の採掘量のグラフですね。五十年前から少量で横ばいですね。しかし、十年前は一時的に増えております」

先細りするフローライト採掘に見切りをつけ、新たな財源をと考えて山を切り開いたことによる成果だろう。

「あくまでも一時的だろ？　金鉱石自体は昔から採れないわけではないがごく少量だ。どちらにせよ、かつてのフローライトほどは稼げない」

「ですよねぇ」

大きな体を揺らしながら、ロバートがうんうん頷く。

ルークは一瞬アメリに視線を送り、すぐにロバートの方に向き直った。

「聖女がいなくなったせいで加護がなくなったというなら、二十年前の時点でもっと大きな変化がなければおかしい。十年前の採掘量の激減は、変色現象が起きるから採らなくなったという人間側の都合だ。普通に採掘していれば、今も一定量のフローライトは採れるはずだ」

ロバートが、眉をひそめて反論する。

「しかし、変色現象こそが精霊の怒りと言われているのでは？」

「それについては、どう思う？　カール」

突然話を振られて、戸惑いながらもカールが答える。

「正直に言えば、私にはわかりません。有史以来、フローライトが変色するという現象は十年前が初めてなのです。聖女がいないこともあり、精霊の怒りと言われてきましたが、そうでないという可能性もまた否定はできません。……それと」

カールは、手に持っていた本をパタンと閉じて続ける。

「ルーク様とテンバートン侯爵令嬢との会話を聞いていて、改めて文献を確認していたのですが、初代聖女は確かに『精霊様は我が国に加護を与えた』とおっしゃっています。ルーク様の言うように、加護は聖女に付随するものではないのかもしれません」

ルークが頷いて、再びアメリを見る。少し気づまりになり、アメリはうつむいた。

「俺は、精霊の加護は今もあると信じている。変色現象が起こるのは、きっと別の要因があるのだとな」

ルークは腕を組んだまま言う。

「しかし、過去の文献を見ても、変色現象の原因はわからなかったじゃないですか」

「だからもう一度調べ直そうと言っているんだ」

とはいえ、調べて答えが出るものでもないことはルークもわかっているのだろう。

横顔に、やや焦りの色が見える。

(こんな時こそ、眉間の皺がとれるように……と)

マーサの教えに従い、アメリは二杯目のお茶を入れた。

「ルーク様、おかわりをどうぞ」

「ああ、気が利くな」

ルークがゆっくりとカップを傾ける。そして飲み終えると、再び表情を引き締めた。

「聖女がいれば、精霊の声を聞けるんだよな?」

「そう言われておりますね」

ルークの問いに答えるのはカールだ。

「しかし、もう聖女は……」

口ごもり、一瞬静かになったところで、ぽつりとルークが言う。

「そもそも、……本当にもう聖女はいないのか？」

側近たちは、戸惑ったように顔を見合わせる。

「前聖女のローズマリー姫は失踪しただけなのだろう？　生きていれば四十歳だ。生存の可能性はある。それに、失踪先で子をもうけた可能性だってあるじゃないか」

「ルーク様、聖女は生涯独身を貫くものです」

カールがおずおずと付け加える。

「なぜだ？　失踪したのだから、その制約にとらわれる必要はないだろう。……というか、そもそもなぜ聖女は生涯独身だと決められているのだ？　大公の血族から聖女が出るなら、ひとりでも多く血縁を残した方がいいと思うが」

「それは、初代聖女様がそうでしたし。言い伝えだと、精霊がやきもちを焼くそうですよ。機嫌を損ねないよう、聖女は純潔を貫くのだとか」

それを聞くと、ルークの眉間の皺が深くなった。

「なんだそれは。まるで人身御供《ひとみごくう》じゃないか」

「しかし、我が国ではそのように伝わっております」

フローがそこまでやきもち焼きとは思えない。おそらくは誰かが冗談で言ったことが、さも本当のことのように広まってしまったのだろう。

「まあでも、案外それが失踪の理由って可能性はありますよね」

ロバートが揶揄《やゆ》するように言う。

「聖女としてなに不自由なく生きてきたとして、それが嫌になることがあるとすれば、好きな男ができた時ではないですか？」

恋愛脳の彼らしい意見だ。

「ほう？」

「好きな男ができれば、その男との子も欲しくなるでしょう。しかし聖女であるがゆえに許されない。思い余って失踪した……という筋書きは、ありそうな気がします」

（すごい、ドンピシャだわ。さすがジャイルズ伯爵）

アメリは黙って聞きつつ、内心では感心する。

「だとすれば生きている公算も高い。よし、鉱山の調査と並行して、聖女ローズマリーの捜索も行う」

「はっ」

ルークの宣言で、今後の方針が決まったようだ。が、アメリは冷や汗が止まらない。

（……嫌な展開になってきたかも）

見つかるわけがないのだ。母はもう死んでいるし、その子であるアメリはここにいる。

もし自分が聖女だとばれたらどうなるのだろう。

最初は大事にされるかもしれない。でも、現状、アメリもフローも変色現象に対処することはできない。

役に立たない聖女はただの前大公の血筋。反乱の芽になると判断されれば、処刑される可能性は高い。

（嫌だ。やっぱり言いたくない。あなたがお探しの聖女は私です……なんて）

この難題をクリアするには、ルークたちの調査がアメリにたどり着く前に、精霊石を捜し出して壊し、変色現象を食い止めることだ。

（そうよ。本腰入れて私もフローの精霊石捜しに協力すればいいんだわ！）

静かに決意を固めたアメリに、ロバートが思い出したように手招きする。

「そうだ、アメリ、これをやろう」

ロバートが取り出したのは、シルク製の青色のリボンだ。

「わあ、綺麗。こんな上質なもの、いただいていいのですか？」

「ああ。君のぬいぐるみの目の色とお揃《そろ》いにしたんだ」

アメリは一瞬きょとんとする。ロバートは、気まずそうに苦笑した。

「昨日はすまなかったな。大事な母君の形見にケチをつけてしまった。屋敷に戻って妻にその話をしたら、このリボンをくれたんだ。お詫びに渡すといいと言ってな」

あの一瞬で、ロバートがぬいぐるみの目の色を覚えていてくれたことに驚きだ。

アメリは結い上げた自分の髪を触る。たしかに綺麗なリボンだが、お仕着せのメイド服に合わせるとアンバランスだし、モブキャップで隠れてしまう。

「では、この子につけてあげてもいいでしょうか」

アメリはポケットからぬいぐるみを取り出した。

「母が生きていた頃、この子の首に、リボンがついていたのです」

そう言って、首にリボンを結ぶ。幅が大きかったため、リボンは半分に折った。

「かわいいです」

リボンをつけたら、首回りが華やかになった。

「ありがとうございます、お優しい奥様なのですね」

「そうだろう、そうだろう」

妻を褒められて、ロバートは心底うれしそうだ。

「妻は頭がいいんだ。俺の失敗はいつも彼女の機転に助けられ……」

「ロバート、その話は長くなるのか？」

あきれたように、ルークが問いかける。

「もちろん！　いかに妻という存在が素晴らしいかを、とくと閣下に理解していただかなければ」

「やめろ。もう聞き飽きた」

どうやら、ロバートは相当の愛妻家らしい。

ぬいぐるみをじっと見ていたルークが、ふっと真顔になる。

「……そのぬいぐるみ、昨日光っていなかったか？」

「え？」

一瞬、冷たいものが背中を伝った。

（ど、ど、どういう意味？　え？　ルーク様、見えている？）

「いや、そんなことはないと……思いますけど。なぜですか？」

「……いや、見間違いだな。それよりロバート。先ほど侯爵令嬢が言っていた金鉱の話だが」

話が変わったので、アメリはほっとして飲み終えたカップを回収する。

「そ、そろそろ片づけをいたしますね！」

部屋から出ようとした時にルークから声をかけられた。

「ああ、アメリ。お前に頼みがある。片づけ終えたら戻ってくるように」

「……はあ」

嫌な予感がしたけれど、命令に逆らえるわけもない。アメリは黙って頷いた。

片づけを終え、アメリが執務室に戻ると、ルークは執務机で書類の確認をしていた。

視線だけを上げ、アメリの姿を認めると、「そこに控えていろ」とソファを指さす。

とはいえ、メイドの立場でソファに座るのは気が引ける。アメリはソファの後ろに立ち、彼の仕事が終わるのを待った。

「なんだ？　聞こえなかったのか？」

「いえ。控えさせていただいています！」

「立っていろとは言っていない。座って待っていろ」

強い口調で言われて、アメリは困ってロバートを見る。

「いいぞ。座って」

そこでようやく、アメリは安心してソファに腰かけた。

「なんでお前はいちいちロバートからも許可を取るんだ。俺がいいって言っているんだからすぐに座ればいいだろう」

ルークは不満そうだが、アメリとしては直属の上司はロバートという認識なのだ。

「まあそう、睨みつけることないでしょう、閣下」

ロバートが間に入ってくれたが、ルークの不満そうな様子は変わらない。

「ふん。さっさと早く仕事を終わらせるぞ！」

アメリにはよくわからない書類が、ルークや補佐官の間を行ったり来たりしている。

「この記述のもとになった台帳を確認してくれ」

「ルーク様、こちらもお目通しください」

(忙しそう。こんな時ほど、私にできることを考えないと)

ルークがリラックスできるように、仕事をしやすくなるように……。

しかし、知識がないので、やるべきことが思いつかない。

(じゃあせめて、資料や本の場所くらいは覚えようかな)

「ルーク様、少し本棚を見せていただいてもいいですか」

「ああ」

アメリは西側の本棚の端から、本を取り出してはタイトルを確認して戻していく。

ルークは時折、アメリの方に視線を送ってきたが、やめろとは言わなかった。

「誰か、鉱山の事故記録を取ってくれるか？」

「こちらです」

アメリが迷いなく渡すと、ルークは真顔で驚いている。

「あれ、これですよね？　違いました？」

「いや、合っている。どうしてわかった」

「タイトル、覚えましたので」

今のところ、西側の本棚の半分までタイトルを記憶した。

「読めない文字はなかったか？」

「……？　ええ。一応」

アメリはきょとんとして、記録書を手渡す。

ルークは怪訝《けげん》な顔をしたまま、再び書類とにらめっこをし始めた。

それから一時間ほど経ち、ルークがようやく最後の書類の束を補佐官に渡す。

「よし、これでいいな？」

「お疲れさまです、閣下！」

ルークは自分で肩をもみながら立ち上がり、本棚を見ていたアメリのそばへ立つ。

「結局お前はなにをしていたんだ？　引き出しては戻して」

「タイトルを覚えようと思いまして。今後も執務室でお手伝いをするのなら、言われたものをすぐに持ってこられるようになりたくて」

ルークは虚を突かれたような顔をしてなにか言いかけたが、先にロバートがアメリの背中を叩いた。

「素晴らしいぞ、アメリ。それこそ、閣下にお仕えする者として正しい心構えだ」

「メイド長の受け売りですよ。私たちの仕事は、主人が過ごしやすい環境をつくることだと教えてもらったんです」

「……そうか」

ルークの口もとが少し緩んで、優しい表情になる。

「だが今日はもういい。俺も仕事は終わりだ。こっちに座ってくれ」

「こっちとは」

「ここだ」

指し示されたのはソファで、ルークはその対面にさっさと座ってしまう。

しかし、ソファに向かい合って座るというのは、大公とメイドの距離感ではない。

アメリが躊躇していると、「早く！」とルークに急《せ》かされてしまった。

ルークは腕を組んだまま目をすがめて、アメリをじっと見つめた。

「さっきのぬいぐるみ、もう一度見せてみろ」

予想外な言葉に驚きつつ、アメリは恐る恐るポケットからぬいぐるみを取り出した。

「どうぞ」

ルークは検分するようにそのぬいぐるみを触った。

「ぬいぐるみなんて初めて触ったな。こんなにふわふわしたものなんだな」

「男の子のおもちゃではないですものね」

まして王族の男児に与えられるイメージはない。

「これは手製だと言ったよな」

「そうです。動けなかった母が、私を楽しませるために作ってくれました」

「動けなかった？」

「足が……悪くて。ずっとベッドにいました」

「そうか」

ルークは口もとを押さえたまま、思案に暮れた顔をしている。

「母親は、いつ亡くなったんだ？」

「ええと、十歳ですから十年前ですかね」

「……物心つく前から城で育ったと、ロバートからは聞いていたが」

言われてハッとした。建前上、アメリの親はとっくの昔に亡くなっているのだった。

「あ……。いや、えっと、七歳？　あ、違う、五歳くらいでした」

アメリが焦って言い直すと、ルークはあきれた様子だ。

「おいおい、ずいぶん差があるぞ。どれだ」

「五歳です、五歳。城に来たのはそのくらいでした！」

（ふう……。危ない危ない）

その頃のことを、人に聞かれることなどなかったから、うっかり本当のことを言ってしまった。

アメリは笑ってごまかしたつもりだが、ルークの視線がなんだか痛い。アメリの会話に嘘がないのか、検分されているみたいだ。

「だからこのぬいぐるみは、おそらくその頃に作られたものです。あ、でも、長年使っているので、定期的に洗濯はしています」

「だからふわふわなのか」

ルークは感心したようにフローのぬいぐるみをひと通り眺めると、アメリに戻した。

「……ところで、頼みというか命令なのだが」

ルークが小声になり、前のめりになった。あまり人に聞かれたくないのかと、アメリも少し前かがみになる。

「今日から、特に用事がなければ夕食を俺と一緒に取るように」

「えっ、どうしてですか」

「雑用係がいないと困るからだ」

嘘だ。今まで従僕だってメイドだって遠ざけてきたくせに。

アメリは疑心でいっぱいだが、ロバートはひとり盛り上がり始めた。

「おお、それはいいことですね！　女性と食卓を囲むのは、ひとりで食べるのとは違って楽しいものですよ！」

「落ち着いてください、ジャイルズ伯爵様。私は女性というかメイドですよ」

「いいんだ。メイドでも。誰かと食事をする気になってくれただけで俺は。うっ……」

「いや、泣かないでくださいよ」

感動のあまり涙ぐむロバートに、アメリはドン引きである。この調子では、助けてもらえそうにない。

アメリとロバートのやり取りを眺めながら、ルークはにやりと笑った。

「不満そうだな、アメリ」

（ルーク様はいったいなにをたくらんでいるのかしら）

アメリは不敬にならない程度に、反発することにした。

「一緒にお食事を頂くのは、仕事とは言えません」

「では、個人的に誘ったならば頷くのか？」

「……お断りします」

「ははっ、だろうな。ではちゃんと仕事にしよう。お前に毒見役を命じる」

これまたとんでもないことを頼んできた。

「毒見は特殊なスキルがいるのではないですか？　雑用係の仕事ではないですよ！」

「大丈夫だ。死ぬようなことはないさ。まあ反論しても却下だ。諦めて俺の言うことを聞くんだな」

なんてひどい暴君だろうと思いつつ、撤回してくれそうにないので諦めて頷いた。

「一度下がって休んでいろ。後で部屋に人を呼びにやるから、そうしたら戻ってこい」

「はあ」

執務室を出て、アメリは大きくため息をついた。

ルークがなにを考えているのか、さっぱりわからない。

『ルークの事情』

アメリを執務室から追い出した後、ルークは補佐官たちにも帰るように言った。

部屋に残っているのはロバートだけだ。そして彼は、ニヤニヤと物言いたげな笑みを浮かべてルークを見ている。

「なんだ、顔がうるさいぞ」

「うるさいって……ひどい言い草ですね。これは閣下の成長を喜んでいる顔ですよ。アメリのこと、お気に召したんですね」

「そういうのじゃない。お前はすぐ恋愛を絡めようとしてくるな」

図体のでかい筋肉馬鹿のくせに、思考はどちらかといえば女のようだ。

（ぬいぐるみのことが気になるだけだというのに。……まあ、たしかにアメリはおもしろい奴だが）

物怖じせずポンポン言い返してくるし、表情が豊かだ。ついつい、見たことのない顔を引きだしたくなってしまう。

「だって楽しいじゃないですか。恋愛の話は」

「俺は楽しくない。お前の惚気《のろけ》話も飽き飽きだ」

「マルヴィナの話なら尽きることはありませんよ」

きっかけを得たとばかりに妻の話を始めようとするロバートを、睨んで黙らせる。

騎士としても側近としても優秀なのに、恋愛脳なことだけが欠点だ。

「……あの娘をそばに置きたいのには理由がある」

ようやく真剣な空気を察知したのか、ロバートは神妙な表情になった。

「なんですなんです、仰々しい」

「まあ座れ。お前、アメリのぬいぐるみを見てなにか感じなかったか?」

「ああ、かわいいですよね。あの年齢で人形遊びをするのは、幼い感じがしますが」

「……そうじゃない。もういい」

しっしっと手で追い払う仕草をすれば、わかりやすくムッとする。

「なんなのですか、自分から聞いておいて。そうやって言葉を惜しむから、閣下には恋人ができないのですよ」

「できないんじゃなくていらないんだ。少し頭を整理したい。お前は人が来ないように見張っていてくれ」

「わかりました」

扉の前に移動し、番をするロバートを横目に、ルークは足を組んで考え込んだ。

アメリのことは、雑用係に指名する前から知っている。

三年前、レッドメイン王国軍を率いて城内に突入した際、ルークは入り口近くの廊下でメイドのマーサと出くわした。

彼女は集団で現れた騎士に怯えることもなく、ルークに訴えてきたのだ。

『城内でメイドを見つけても、殺さないでください。私たちは抵抗する気はありません。あの子……アメリは、ただ皆に逃げるように伝えて回っているだけなのです』

名前を聞いたのはその時が最初だ。アメリというのははぐれたメイドで、自分にとっては我が子のような存在なのだとマーサは言った。

ルークは、危険を顧みず人のために動けるマーサに感心すると同時に、心配にもなった。

たまたまルークが先陣を切ってきたからいいものの、一般兵だったら話も聞かずにマーサを切り捨てているだろう。兵に通達を出したところで、現場判断で動かれてはどうにもならない。戦時中ということもあり、そこまで統率が取れる自信もなかった。

マーサには、自分が代わりに捜してやるから、戦闘に巻き込まれないためにどこか鍵のかかる部屋に隠れるようにと伝え、兵士たちには、抵抗する者以外、特に女子供には絶対に手を上げないよう通達した。

その後、魔法剣で火柱を上げ、敵兵たちの戦意を早々に失わせたのも、なるべく早く戦闘を収束させるためだ。

王族を捕らえ、降伏を宣言させたのち、改めてアメリを捜させたが、結局見つからなかった。

マーサの心意気を買っていたルークは、自身が大公となることが決まった時、彼女をメイド長に指名した。そして、アメリを見つけられなかったことを謝ったのだった。

ほどなくして、マーサはアメリを自分で見つけてきた。どうやら王都の端にある避難所まで逃げていたらしい。城でメイドとして雇用してほしいという申し出に、二つ返事で頷いた。

アメリを近くで見たのは、先日、マーサとともにシーツ交換に来た時が初めてだ。

彼女が入室した瞬間、ルークはなぜか、空気が軽くなったような気がした。

怯えたように見上げてくる瞳は澄んでいて、欲など一切感じさせない透明感があった。シーツを敷く動作には無駄がなく、見た目は地味だが、なぜか存在感があり、ただのメイドとは思えなかった。

そのうちに、彼女のエプロンのポケットが妙に膨らんでいることに気がついた。清掃メイドは道具の一部をエプロンに入れていることが多いが、それを考えても膨らみが大きい気がした。

自分に興味がなさそうなところもやりやすそうだったし、なにかを隠しているのなら、監視もできる。一石二鳥だと思い、アメリを雑用係に召し上げたのだ。

ルーク付きになってまだ二日目だが、アメリは驚きの成果を見せている。

まずはフローライトに関する知識だ。とてもじゃないが、メイドの知識量ではない。

かつて衣装係をしていたとでもいうならわかるが、経歴にはそんなものはなかった。

そうかと思えば、掃除も手早く、動きは熟練のメイドのものだ。十六歳からメイドとして働いてきたという言葉に嘘はないだろう。

そして先ほどの本。壁一面の本棚の本を、タイトルだけとはいえ、こんな短時間で覚えられるとは、尋常ではない記憶力だ。

（それに……あのぬいぐるみ）

昨日、忘れ物をして部屋に戻った時、アメリが手にぬいぐるみを持っていた。

ロバートはなにも見えていなかったようだが、ルークにはあの時、ぬいぐるみが光っているように見えたのだ。

（あの光は……見間違いだったのか？）

先ほど手に取った時は、なにも見えなかった。実際触って、おかしなところがあったわけではない。

アメリのフローライトの変色に関する考察も、他の誰の説明よりもルークには納得がいった。精霊は、決して聖女に依存するものではないとルークも思っている。

（どちらかといえば、アメリが言ったように、精霊になにかしらが起こって、力を出せなくなったという方が自然だ）

ルークの勘が告げていた。あの娘は、なにかを知っている。

（あの娘を雑用係にすると決めた俺の直感は間違ってはいなかったわけだ）

ルークが満足げに頷くと、ロバートが微笑みながら近づいてくる。

「考えはまとまりましたか」

「ああ」

普段は気が利かないくせに、こういう時の間の読み方だけはうまいと思う。それだけで、彼を重用しようと思えるほど。

「なあ、聖女は生きていると思うか？」

「可能性はあると思いますね。私は聖女が子を生んだ説を推します。姫だといいですよね。新たな聖女になるかもしれませんし、そうじゃなくとも閣下の奥方候補としては悪くありません」

「お前はそればっかりだな」

ロバートにあきれつつ、ルークは再び三年前のことを思い出した。

王族を捕らえた後、父であるレッドメイン王からは、王族を皆処刑するようにという命令が下された。王と王妃、王太子一家、そして第二王子。処刑したのは、ボーフォート王家にまつわる人間すべてだ。

まだ二歳だった王太子の息子に手にかけた時はさすがに気持ちが沈んだが、王族が残っていればいずれは反逆の芽が育つ。反乱とは、王子本人が望まなかったとしても、周囲の人間によって起こされるものだ。

(姫ならば、形ばかりの妻として命を長らえさせることができたのだが)

なんにせよ、幼い命まで奪った自分に、幸せになる権利などない。言われるがままボーフォート大公の位を頂いたものの、この国はレッドメイン王国の属国だ。兄の子のひとりが跡を継いでも問題はない。

(俺は、それまでにこの国を以前のような豊かな国にすればいいだけだ)

「ルーク様、そろそろ食事のお時間ですよ」

ロバートが時計を確認し、立ち上がる。

「今日は個室に運んでくれ。それと、アメリを呼んでくるように」

「わかりましたとも。私にお任せください」

ロバートはなぜかウキウキして部屋を出ていった。

ルークは呆れたまなざしでそれを見送る。アメリとともに食事をとりたいのは、別の目的があるからなのだが、いつものように勘違いをしているのだろう。

先ほどの嫌そうなアメリの表情を思い出し、ルークは自然に笑ってしまう。

（まあ、……楽しみじゃないと言っては嘘になるがな）

*

執務室から出たアメリは、一度使用人控室に戻り、そこにいたマーサに、ルークの毒見をすることになったと報告した。

彼女は怪訝な顔で「それって雑用係の仕事かしら」といぶかしんだが、結局は権力者の命令には逆らえない。

呼ばれるまでは部屋に戻って休憩することを告げ、使用人控室を出る。

結局、昼から一度もフローは戻ってきていない。再会してから、こんなに長い間離れたことがないので、どこかで力尽きていないか心配だ。

使用人棟に向かって長い廊下を歩いていると、光が頭上を横断していくのが見えた。

その光は、ポケットの中のぬいぐるみに吸い込まれていく。

「フロー！　無事だったのね。よかった」

ポケットの中でぬいぐるみが動いている。

アメリは急いで自室に向かい、扉を閉めてぬいぐるみを取り出す。

「体調はどう？　離れていても大丈夫だった？」

《うん。なんとか。でもすっごく疲れちゃったよ。アメリも仕事、終わったの？》

「それがね。今からお食事の毒見をしに行くのよ」

《なんだ、そっか》

「フローも一緒に行く？」

心細いからいてほしいなという気持ちがあったのだが、フローは首を横に振った。

《僕はやめとくよ。ここで待ってる》

「そう？」

仕方なく、アメリはフローをベッドの上に置いた。

《ふー。ちょっと寝るね。僕》

「うん。元気になってね。魔力、いる？」

《ちょっとだけ》

アメリの魔力を吸い込んで、フローは静かになってしまった。

魔力を吸われた時特有の倦怠感《けんたいかん》に、アメリもベッドに横になる。

少し寝入ってしまったようで、ノックの音で目が覚めた。

「アメリ、夕食だ。呼びに来たぞ」

「あー……はい。今すぐ行きます」

慌てて起き上がり、アメリはロバートについていった。

「こっちだ。入ってくれ」

ロバートに案内されたのは、二階にいくつかある個室の一室だ。

「失礼します」

「来たか」

ちょうど料理人が食事を運び込んでいるところで、ルークの前の白いテーブルクロスがかけられたテーブルには、数々の料理がふたり分並べられていた。

（……ジャイルズ伯爵の分かな？）

ルークの脇にロバートが立ったので、アメリはそのさらに隣に立ち、給仕が終わるのを待った。

「では失礼いたします」

料理人は空のワゴンを部屋の端に置き、退出する。

「いつまで立っているんだ、座れ」

ルークが指し示したのは、ルークの向かいの席だ。

「こちらはジャイルズ伯爵様の分では？」

「いや、これは毒見分だ」

アメリの思考が一瞬停止する。

毒見とは、料理の一部を取り分け、食べるものだと思っていた。しかし料理はしっかり一人前用意されている。これでは毒見だけで満腹だし、もっと言ってしまえば、毒見の体《てい》はなしていない気がする。

「先に食べろ」

「でも、これでは、ルーク様の皿に毒が入っていても判別できないじゃないですか」

「いいから」

有無を言わさぬ圧を感じて、アメリは席に着いた。目の前に広がる食事の皿からは、食欲をそそる匂いがぷんぷんしている。

（さすが大公様のお料理だわ。使用人のまかないとは全然違う）

「では、お先に失礼いたします」と告げ、恐る恐るフォークとナイフを差し入れる。

あまりにもルークがじっと見ているので、いたたまれない気分だ。

（切り方、変じゃないかな。私、作法とかにあまり自信がないんだけど）

母と地下室に住んでいた頃は、閉じ込められていたとはいえ、待遇は悪くはなかった。着るものも食べるものも、素材のいいものがちゃんと運ばれてきたのだ。

王族として教育を受けた母は、アメリにマナーを教えてくれたが、小さな彼女にはよくわからず、見様見真似《みようみまね》だった。それゆえ、アメリは心もとない。

（うわっ、肉がやわらかすぎてナイフが滑った！）

不快な金属音が響き、アメリは焦る。

「す、すみません」

「いい、気にするな」

そう言いつつ、ルークは凝視ともいえるレベルでアメリの手もとを見てくる。

（無理、無理ー！）

それでも毒見をしろと言われて食べないわけにはいかない。

なんとか切り分けて口に入れると、お肉がスーッと溶けていく。

（え？　なんで？）

しばらくアメリが無言でいるため、ロバートが心配そうに声をかけてきた。

「どうしたアメリ、なにかおかしいのか？」

「え、いや、あの、肉が溶けてしまいました」

しばし、沈黙がおとずれたかと思うと、いきなりルークが腹を押さえて笑いだした。

「ははっ、あはは」

「ル、ルーク様」

「いや、悪い。ちょっとツボにはまっただけだ」

「脂分が多い肉なのだろう。それは毒ということではないと思うぞ」

ロバートが説明してくれる。

「そ、そうですか……」

恥ずかしさを押し殺し、次の皿に手をつける。スープも野菜のだしがしっかり出ていておいしいし、パンも温かくやわらかい。

（嘘。なにこれ……！　大公様のお食事おいしすぎる）

すべての料理をひと口ずつ味見しただけでも、満足感がすごい。

夢中になって食べそうになったが、これは毒見だったと我に返って顔を上げる。

「だ、大丈夫だと思います。元気です」

「そうだな。元気そうでなによりだ」

いまだ笑いが収まらないルークが、滲んだ涙を拭いている。泣くほど笑われるなんて屈辱だ。

「……ルーク様、意外と笑い上戸なのですね」

「お前がおもしろすぎるんだ。さ、俺も食べるから、お前もそれを平らげてしまえ」

「えっ、いいのですか？」

「雑用係だろ。食事の相手もお前の仕事だ」

働いていることになるのだろうかと疑問にはなるが、気にするのはやめた。

(まあいいわ。恐縮していても始まらないし。私が手をつけてしまった食事を他の人が食べるわけにもいかないだろうし。それに、おいしいし)

「では、いただきます」

ただ、時々ナイフと皿がこすれ合って耳障りな音を立ててしまうのが気になる。

「申し訳ありません。扱いが下手《へた》で……」

「俺の前ではべつにかまわないが、まあ直した方がいいだろうな。お前は力を入れすぎなんだ。俺の手もとを見てみろ」

ルークの前が一番駄目だろうと思うが、蒸し返すのはやめ、彼の手もとを見る。

「今のお前はこう」

肩のあたりに力が入ったのがわかる。ナイフとフォークが皿に対して斜めに入り、食器とぶつかって不快な音を立てた。

「肩の力を抜いて、ナイフをまっすぐ入れてみろ。あと、ギコギコしない。のこぎりじゃないんだ。一度で切れるように、開始位置を考えろ」

実践してみせるルークの姿に、母と向かい合ってご飯を食べた頃を思い出す。

（あの頃はマナーとか全然わからなかったけど、今はわかるな。私が大人になったからか……）

ルークと母は、育ちのよさというか、品のよさが似ている。不思議と、素直に教えを請おうという気持ちになっていた。

「こうですか？」

「そうだ。力は入れなくともナイフは引けば切れる」

「……こうですね！　本当に一度で切れました！」

「そうだ。覚えは早いようだな」

食事の席は、いつの間にか、ルークによるマナー講座になってしまった。

その後も、スープを飲む際の口の動きなどを指導され、食事におけるマナーは一通り頭に入ったが、詰め込みすぎでパンクしそうだ。

ルークは普段は無口な方なのに、指導となると意外と熱血で、今までで一番話したかもしれないくらいだ。

気がつけば満腹。普段食べないような高級料理に満足だ。

「とってもおいしかったです！」

「それはよかった」

「でも、これをお仕事というのはさすがに……」

「いいと言っただろう。不本意に食事の時間に付き合わされているんだ、仕事でいい」

「でも……」

思ったより楽しかったので……そう続けそうになって、アメリは気恥ずかしくなって口を押さえた。

「でも、なんだ？」

「いいえ。では仕事ということにさせていただきます。……ただ」

アメリはちらりと顔を上げ、ロバートに視線を送る。

「ジャイルズ伯爵様に立って見られているのは落ち着かないので、もし今後も同じことがあるなら、伯爵様にも一緒に食べていただきたいです」

ふたりは顔を見合わせた。

「だそうだ、ロバート」

「私は帰って妻と食べたいので、閣下が私を早く解放してくだされぱいいんじゃないでしょうか。妻は身重なのに、私の帰りを待ってくれているのですよ」

「そうだったんですか？」

アメリが驚いて聞くと、ロバートはふたりの子がいて、妻は三人目を妊娠中なのだと教えてくれた。

「俺とふたりで食事では、アメリが緊張するから駄目だ」

「私以外の側近に頼めばいいのでは」

「却下だ。お前はアメリの上司でもある。ちゃんと見張っていろ」

かわいそうなロバートの申し入れは受け入れられることがなく、流されてしまった。

こうして雑用係二日目が終わる。部屋に戻るまでの足取りが軽かったのは、思いのほか彼と一緒の食事が楽しかったからだ。

雑用係として一週間も経つと、仕事の流れが掴め、自分のペースで動けるようになってきた。

朝は着替えの手伝い。午前中はシーツ交換や、衣類の手入れ、部屋の清掃をする。午後はルークがたいてい執務室にいるので、お茶を出し、資料の片づけなどを手伝う。

そして毎日、夕食を共に取るのだ。

毒見役だという建前はあれど、普通にアメリの分として一人前が用意されていることを、使用人たちはわかっている。

いつしか、『ルーク様はアメリを気に入っているみたい』などと噂が立つようになってきた。

「苦情を言いましょうか？」

話を聞いたマーサは毅然と言ってくれた。

「まあでも、料理はおいしくて、ついでにマナーなんかも教えてくれるので、楽しいは楽しいんです」

「それならいいけど。……困ったらすぐに言うのよ」

「はい」

楽しいのは本心だが、ルークに親しみを感じてきているのがよくない。彼が親しくなるべきは、いずれは結婚相手になるような身分の高い令嬢なのだから。

「あら、ジャイルズ伯爵様」

マーサの声に、アメリはハッと顔を上げる。

「アメリ、今手が空いているか？」

使用人控室の入り口から、ロバートが手招きしている。

「あ、もう昼休憩も終わりですね。ルーク様がお呼びですか？」

「いいや。でも、少し話さないか？」

「……はい？」

誘われて、アメリはロバートと共に裏庭へと向かった。


日光が降り注ぎ、新緑が眩しい。アメリとロバートは、裏庭を歩いていた。

「午後一時の鐘も鳴りましたが、ルーク様のもとに戻らなくてもいいのですか？」

「少し君と話しておきたいと思ってな。まずは礼を言おう。君のおかげで、最近閣下はよく笑うようになった」

「仕事ですから、お礼を言われるようなことではありません」

むしろ食事などの恩恵を受けているのだから、礼を言うのはアメリの方だ。

「閣下が誰かと食事を取りたがったのは、アメリが初めてなんだ」

ぽつり、とロバートが言う。

「そんなまさか」

「本当だ。本国でも成人王族は忙しくてな、閣下はご家族と時間が合わず、ひとりで取ることの方が多かった」

それは想像すると、とても寂しいことのような気がする。

「あ、言っておくがべつに同情を誘っているわけじゃないぞ。閣下はむしろ清々するとまで言っていたくらいだ」

「……ご家族の仲は悪いのですか？」

「仲が悪いわけではないのだが、居心地は悪そうだったな」

ロバートは、肩をすくめるとゆっくり歩きだす。

「アメリは、レッドメイン王国のことはどれくらい知っている？」

「王族による結界魔法がかけられているというのは、有名な話です。外敵の侵入を許さないと聞いたことがあります」

「そうだ。王族は魔力を持って生まれてくる。出生順に限らず、魔力が強い者が後継者となると定められているのだ。閣下は三男だが、誰より強い魔力を持っていた」

それは初耳だ。

「ではなぜ、ルーク様が後継者とならなかったのですか？」

現在のレッドメイン王国の王太子は、第一王子だったはずだ。

「最初は期待されていたそうだ。しかし、魔法にも相性があるらしい。閣下は、攻撃魔法は得意だが、結界魔法を習得することはできなかったんだ。加えて、幼い頃は魔力のコントロールが苦手で、たびたび暴発し、危険人物というレッテルを貼られていた。兄上方に勝る魔力を持ちながら、早々に後継者からは外された。心中を考えれば、複雑だったのではないかと思う」

「……そうなのですか」

アメリには兄弟はいないし、なんなら生まれも特殊なので、人と比べられることはほとんどなかった。聖女の娘でありながら、その事実を知る者はほとんどなく、平民の気楽さを享受してきたのだ。

「一時、閣下は荒れてな。俺が閣下の側近につけられたのも、その頃だ。力で彼を抑え込むことができたのは、俺だけだったから」

ははは、とロバートが笑う。たしかに、ルークも大きいが、ロバートはさらに大きい。

（……そうなんだ）

強靭《きょうじん》な体とふんだんな魔力を持つルークに、そんな苦悩があったとは思わなかった。

「でもな、閣下は腐って終わるような方ではなかった。その後、騎士団に入って体を鍛えられて。もともと才能があるのだろう。彼の剣の腕は、見る見る上達し騎士団長をしのぐくらいになった」

「すごい。努力家なのですね」

「そうだな。しかし、魔力のコントロールだけは難しかったようだ。魔法が暴発すると人に怪我をさせるからと、人を遠ざけてきたから、なかなか人に心を開かないようになってしまってなあ」

しみじみとロバートが言うが、アメリは彼が魔法を暴発させたのを見たことがない。

「……今は制御できているんですか？」

「ああ。当時の閣下の婚約者が、『剣を媒介に魔法を使えばいいのでは』と進言してくれてな。それがうまくいった」

「ちょ、ちょっと待ってください。ルーク様に婚約者がいたのですか？」

考えてみればあたり前の話だ。三番目とはいえ一国の王子。早々に結婚だって望まれる立場だろう。なのに、アメリの胸はずきりと痛んだ。

「ああ。でも婚約破棄したんだ」

「どうしてですか？」

反射的に聞いてしまい、アメリは口もとを押さえる。ロバートは気にした様子はないが、メイドとしてはゆきすぎた質問だった。

「彼女が好きだったのはロバートだからだ。まったく、戻ってこないと思えば、こんなところで内緒話か」

背中に冷たい声が響いて、アメリから血の気が引く。

「閣下」

「ロバート。アメリはお前の雑用係じゃないんだぞ。いつまで拘束する気だ」

「仕事をさせているわけじゃありませんよ。休憩です。休憩」

ふたりが言い合いを始めたが、アメリは婚約破棄の話の方が気になる。

「どういうことですか？　もしかして、ジャイルズ伯爵様の最愛の奥様は、ルーク様の元婚約者だったのですか？」

「そうだ。のみ込みが早いな」

ルークはあっさりと肯定すると、アメリの隣に立って共に歩き始めた。

「こいつの奥方――マルヴィナは同い年でな。父親は侯爵で、身分と年齢の取り合わせで、幼少期から俺の婚約者に決められていた。王族の結婚なんてそうやって決められるものだろう」

それはアメリもわかっている。が、王子の婚約者が伯爵家に嫁ぐことになるなど、そうそうないセンセーショナルな出来事だ。どんな経緯があったのか気になる。

「だがマルヴィナも俺も、恋愛感情は持っていなかった。そんな時、ロバートが俺の側近に決まって、マルヴィナとも顔を合わせることが多くなったんだ。彼女はひと目惚れだったらしい。俺に協力ほしいと懇願してきたんだ」

「で、どうなったんですか?」

「俺が婚約破棄を申し出て、傷心のマルヴィナをロバートが慰めたという形にして体裁を保った」

「うそ。ルーク様、すっごくいい人じゃないですか」

アメリが言うと、ロバートもうんうん頷く。

「そうなんだよ。私も妻も、一生閣下についていくと誓ったんだ」

「ロバート、お前はなんのためにアメリにこんな話をしたんだ?」

「はっ、そうだ。なにも俺は惚気たかったわけではないのです」

それは嘘だ、とアメリもおそらくルークも思っただろうが黙っておく。

「ご本人の前で言うのは気が引けますが、私は閣下にも幸せになってほしいのです。だから、今アメリが閣下にとって居心地のいい空間をつくってくれていることに感謝している、と言いたかったのですよ」

「ジャイルズ伯爵様……」

なんだかんだと、ロバートの献身は目を見張るものがある。

「ルーク様の幸せは、きっとジャイルズ伯爵様が守ってきたんですね」

アメリが本心から言うと、ふたりに同時にぎょっとされる。

「なぜだ。どうしていつもこの結論に帰着するんだ！

「だから私は男色ではないとあれほど……。いいかアメリ。俺には愛する妻が……」

あまりに慌てふためくものだから、笑ってしまう。

「そういう誤解はしていません。自分を心配してくれる人がいるって幸せですよねって言いたかっただけです」

人を寄せつけないようにしていたとしても、ルークはきっと孤独ではなかった。

ロバートが彼のそばにいてくれてよかったと、アメリは本気で思ったのだ。

『謎の商人』

「これにて、本日の議会を閉会します」

議長の挨拶で、貴族議員たちは各々立ち上がり、派閥ごとに退出していった。

この一週間は、一年の中でも重要な時期で、国家予算の割り振りを決定する議会が執り行われる。午後からは、申請された予算が本当に必要なものなのかを精査しなくてはならない。

「肩がこるな……。たまには騎士団の訓練にでも顔を出そうか」

「今週の議会が終わるまでは我慢してくださいよ」

「わかったよ」

ロバートに釘を刺され、ルークは肩をすくめる。諦めて執務室に向かおうとすると、テンバートン侯爵に呼び止められた。

「ルーク閣下。お時間はございますかな」

テンバートン侯爵は、古参貴族の中心的人物だ。大公の代替わりの際に所有地の半分を国庫返納し、しばらくはおとなしくしていたが、今年に入って娘が十八歳と年頃になったことから、やたらに声をかけてくる。

「なんだ？　テンバートン侯爵。手短に頼む」

「先日は娘が執務室にお邪魔したようで、誠に申し訳ございません」

「わかっているなら、執務中に押しかけてくるようなことは慎むよう伝えてくれ」

「もちろんでございます。ところで、その際に娘が少しお耳に入れた鉱山のお話なのですが……」

ルークは周囲を見回した。議場からはほとんどの議員が出ていってしまい、今はルークとロバート、そしてテンバートン侯爵だけだ。

ならばここで話してもいいかと、ルークは先を促すことにした。

「金鉱が出たとかいう話か？　本当なのか？」

「ええ。それが、ある商人の功績なのです。彼は我が領を訪れ、金脈を指し示しました。半信半疑で掘ってみたところ、本当に金鉱が出てきたのです」

「ほう？」

「もう三ヵ月は前の話です。私は彼を屋敷に留め、その後も彼を連れて採掘に行ったのですが、百発百中でした。聞くと、精霊の声が聞こえるのだとか」

ルークとロバートは、息をのんで顔を見合わせる。

それではまるで、聖女のようではないか。

「その者の年は？」

「二十歳だと言っていましたね。若者ですよ。商人と言いつつ、店を持っているわけではありません。両親が早くに死に遺産を受け継いだため、それを元手に気に入ったものを買いつけては売り、いろいろな土地を転々としてきたそうです。で、この国に来た途端、不思議な声が聞こえるようになったと」

「……テンバートン侯爵、その商人には会えるか？」

「ええ、もちろん。閣下にご紹介しようと、先日、我が屋敷から王都のタウンハウスに呼び寄せたところなのです。実は今日も連れてきているのですよ。議会の間、庭を散策しているはずです。よろしければお会いになりませんか」

ルークは一瞬考えたが、すぐに頷いた。

「会おう」

「では連れてまいりましょう」

「いや、あらたまった場では気づまりだ。皆で庭園散歩でもしようじゃないか」

ルークの提案に、テンバートン侯爵は一も二もなく頷いた。

城の庭園は、多くの人に見てもらうため、月に何度かは一般開放されている。ルークとロバート、テンバートン侯爵が揃って庭園を訪れると、衛兵に軽い緊張が走る。要人が訪れた時は警護にも気合が入るのだろう。

「ここで待たせているのです。ほら、あの男ですよ。……カーヴェル卿！」

「……終わりましたか？　テンバートン侯爵」

振り向いた男は、一枚の布を巻きつけて服にしたような物珍しい服装をしていた。緩くウェーブのかかった金の髪と、どんよりとくすんだ肌。瞳の色は黒く、つり上がった細目が印象深い。

「カーヴェル卿、こちら、ルーク閣下と側近のジャイルズ伯爵だ」

「ルーク閣下？　これはこれは！　お目にかかれるなんて光栄です。私は、エルトン・カーヴェルと申します」

笑顔になると、ただでさえ細い目が糸のようになる。

「お初にお目にかかる。カーヴェル卿。優秀な商人であるだけでなく、鉱脈を読むのがうまいそうだな」

ルークは手を伸ばし握手をした。彼は宣伝のつもりなのか、大きな黒の宝石のついた指輪をつけている。

（黒の指輪とは珍しいな）

「金鉱山のことですか？　ええ。この国に来てから、不思議とわかるようになりました。呼ばれる感じがするのですよ」

「呼ばれる？」

「なんでしょうね。私も初めての感覚なので、うまく説明できないのですが」

ルークとロバートは視線を交わす。

「貴殿はどこから来たんだ？　失礼だがその服装は近隣国のものではないだろう」

「私は南のエクステクト王国出身です。海を渡り、コルテッド王国に着き、森を越えてボーフォート公国に入りました」

「エクステクト王国か……」

この大陸より南にある小さな島国だ。レッドメイン王国からも船は出ているが、さらに東にあるコルテッド王国を経由してきたらしい。

（……別段、話におかしなところがあるわけじゃないのだがな）

しかし、ルークはなんとなく違和感を覚えていた。

「ところで閣下は金細工にご興味はございませんか？　私、このような細工物を作って販売しているのです」

エルトンはぱっと笑顔になると、自身の服の胸のあたりに留めていたブローチを外して見せた。大きな金細工で、馬が前足を上げいないている姿が彫られている。

「純度が高く、上質な金です。テンバートン侯爵領の鉱山から見つけたものを加工しました」

「ほう、見事なものだな。細工も君が？」

「いえ、細工師に任せております。私は商人ですから、販売と交渉が主ですね」

「そうか。覚えておく」

金細工の話は是とも否ともつかずに流して、しばらくは雑談を続けた。

「国としても、鉱業の復活は喫緊の課題と考えている。鉱山が多く開ければ、民の仕事もまた増えるということだからな。期待している」

「ありがたきお言葉です」

うやうやしく礼をして、エルトンは微笑んだ。

「テンバートン侯爵。今日はよい出会いをありがとう」

「とんでもありません！　今度カーヴェル卿を皆に紹介する夜会を開く予定なのです。ぜひ閣下もご出席くださいませ」

「ああ」

「……じゃあ、これで失礼する」

「娘も喜びます！」

ふたりを庭園に残し、ルークとロバートは早足で城内に戻る。

「テンバートン侯爵は、まだフェリシア嬢のことは諦めていなそうですな」

「それは困るな。……なあそれより、お前はどう思った？　あの商人」

ルークはやや小声で問いかける。

「二十歳なら、ローズマリー姫が産み落とした子ということも考えられますね」

「いよいよお前の説が信ぴょう性を増してきたな」

「ええ。あの時は冗談のつもりでしたが……」

しかし、なにか引っかかるものもあった。精霊の声を聞いて採れたのが金ということは、加護を与えられているとしても、金の精霊ということになる。

聖女の子が、フローライトの精霊の加護を得るとは限らないということか。

ルークはモヤモヤした気持ちで考え込んでいたが、隣に立つロバートは「光明が差してきましたね！」とのんきなものだ。

「まあ、聞こえるという声は、精霊のものなのだろうしな」

「人当たりがいい感じでしたよね」

「……そうか？」

単純なロバートには、気にならなかったのだろうか。

どこか探るような瞳、隙なく人の物欲を刺激してくるところなどは、案外抜け目がないようにルークには思えたが。

「でも男性が聖女になることなどあるのでしょうかね」

「まあ、精霊の声が聞こえるかどうかが基準ならば、男でも女でもいいのだろう。ただ、〝聖女〟という呼び方が定着しているということは、これまでは女性ばかりだったということだろうな」

「カーヴェル卿が本当に聖女なら、呼び名を変えねばなりませんな！」

ロバートは、エルトンが聖女であることを疑ってはいないようだ。しかし、ルークはすっきりしない。

（なんだろうな。このもやつきは）

聖女に関して、ルークはルークなりにイメージを持っていた。

精霊に好かれるということは、自然を愛する心が強いのだろうし、魔力的なものも強いだろう。なんとなくだが、そばにいるだけで周囲を明るくしてくれるような人物ではないかと想像していた。

（そう。俺としてはアメリみたいな……）

ふっと雑用係の顔が頭に浮かんで、ルークは少し焦る。

アメリに対しては、いくつか疑問に思うことがある。

上級教育を受けていないとは思えない物覚えのよさと、上質なものを見極める目。フローライトに関する知識の深さもそうだ。孤児の彼女がどこでそれを習得したのかがわからない。

それに、浄化魔法でもかけているのではないかと思うほど、彼女が整えたベッドで眠ると頭がすっきりする。部屋の過ごしやすさもそうだ。

共に過ごすようになってまだ一週間ほどだが、ルークは彼女がいないと困ると思うくらいになっている。

（……考えていたら、彼女のお茶が飲みたくなってきたな）

今の時間ならば、昼食を終えて執務室に来ているだろう。

「ロバート。執務室へ戻ろう」

「ええ。いやー楽しみになってきましたね」

浮かれるロバートを横目に、ルークの意識はアメリのもとへと向かっていた。

＊

アメリは機嫌よく鼻歌を口ずさみながら、執務室の机を拭く。

フローとは午前まで一緒にいたが、午後は別行動をしている。数日の検証の結果、五時間程度なら、ぬいぐるみから離れていても大丈夫そうだったので、アメリが執務室にいる時間は、別行動をとることにしたのだ。

やがて、扉が開き、ルークとロバートが戻ってくる。

「おかえりなさいませ、ルーク様」

「ああ。ただいま」

アメリの挨拶に応えた後も、なぜかルークはアメリをじっと見ている。あまりに凝視されるので、顔にインクでもついているのではないかと心配してしまった。

「どうかしましたか？　私、なにかおかしいです？」

「いや。……疲れているのかもしれない。茶をもらえるか」

「はい！」

アメリがポットを持って扉に向かうと、補佐官のひとりであるニコラスが声をかけてきた。

「アメリ、お湯を取りに行くんだろ？　俺も書類を届けに行くから、その後一緒に厨房に行って、お湯を持ってやるよ」

「まあ、すみません」

「いいよ。ついでだから」

お湯は重いので持ってもらえるのなら助かる。アメリは彼の申し出を受け入れ、一緒に執務室から出た。

「先に書類を置いてくる。終わったら厨房に行くから待っていて」

「はい。ありがとうございます」

ニコラスが二階の別の部屋に向かう間に、アメリは一階へと下りる。不意に、天井の光がチカチカと点滅しているように見えた。目をこらして見ると、吹き抜け部分から光がよろよろと蛇行しながら下りてくる。

「フロー？　どうしたの？」

《あいつがいた。やばい》

「あいつって誰？」

《うー。いきなり力を奪われて……すごく眠い。アメリ、ぬいぐるみに戻らせて》

そう言うなり、フローはエプロンのポケットの中に吸い込まれていった。

「フロー？」

呼びかけても応答はない。深く眠ってしまったせいか、光も見えなくなった。

「フローったら、どうしたの？」

いつもと様子が違ったことが気になるけれど、つついても起きてくれない。

「アメリ、お待たせ」

そのうちにニコラスが追いついてきて、アメリの意識はフローから離れてしまった。

＊

アメリがお湯を取りに行っている間、ルークはなぜかイライラが収まらなかった。

（湯くらいひとりで持てるだろう。今までだってやっているのに。ニコラスの奴）

苛立《いらだ》ちは伝播するものなのか、周囲の空気もぎこちない感じがする。

書類を目で追っていても、全然内容が入ってこず、ルークはつい、それを机の上に投げつけてしまった。

「ただいま戻りました。ニコラス様、ありがとうございました」

アメリが部屋に戻ってきた瞬間、視界が開けたような感覚があった。

「ルーク様、レモンティーにしましょうか。さっぱりしますし」

笑顔を向けられて、ふわりと気分が浮き上がる。

「あ、ああ。頼む」

「はい！」

彼女が軽やかな声を発するたびに、空気が浄化されていく。

「どうぞ」

お茶を置かれた頃には、ルークはすでに重い気分から解放されていた。

（……心なしか、部屋が明るく見えるな……）

茶を飲んで椅子の背もたれに体を預けていると、アメリが手もとの書類を汚れないように脇によけてくれた。

書類を前にした彼女は、一度手をかざして目をつぶる。普段からよく見かける仕草だ。なにかに祈っているようにも見える。

「……なにをしているんだ？」

「え？」

「なにをするにも、必ずそうやって目をつぶるよな」

「そ、そうですかね」

焦ったように目を泳がせる姿は、悪質なことを考えているようには見えない。

「物を片づける時は、そうするのが癖で……」

「じゃあ、食事を前に、目をつぶって祈るのはなぜだ？」

「あれは、おいしい料理に感謝していただけです！」

（感謝……ね）

ルークは以前読んだ精霊に関する本の内容を思い出す。

【精霊は万物に宿り、それを愛する者に心を開き、力を貸す。聖女とは、精霊と心を通わせ、声を聞くことのできる者である】

この一節は妙に心に残っていた。

（その理屈でいくと、精霊が力を貸すのは……例えば、アメリのような、なんにでも感謝する奴とか……）

思い返せば、アメリが選んだ服は、なぜかとても着心地がよかった。清掃が行き届いた部屋もそうだ。彼女が交換したシーツは心地よく、ここのところはすぐ寝つくことができた。

（アメリの行動に、精霊が力を貸していると思えば、納得できるんだよな）

「……アメリ」

「はい」

「その、感謝にはおそらくいい効果がある。これからも続けるといい」

「そうですか？　ふふっ」

無邪気ともいえる無防備さで、アメリが笑った。

（間違いない……と思う）

アメリがしている行動は、そもそも精霊と聖女とのあり方に近い。

だとすれば、時々アメリの近くで見えた光は、精霊なのではないだろうか。

「アメリ、今日もぬいぐるみを持っているか？」

「え？　ええ」

「ちょっと、見せてくれないか？」

「またですか？」

怪訝そうにしつつも、命令には逆らえないのか、アメリはおずおずとぬいぐるみを差し出した。

前回見た時と特に変わりがない。

（一度はこいつが光って見えたんだが）

ルークが軽く手に力を込めると、突然、お腹のあたりが光った。

「ルル、ルーク様っ。そんなに掴んだらつぶれてしまいますよ！」

次の瞬間には、アメリがルークの手からぬいぐるみを奪い取っていた。

「ほら、『痛いよ、やめて～』って言っていますよ！」

声色を変えて、ぬいぐるみの声を演じるアメリに、側近たちが目をむく。

彼女は顔を真っ赤にしながらも、「えーん、えーん」などと続けていた。その間もずっと、ぬいぐるみのお腹は光っている。

ルークは周囲を見回す。誰もぬいぐるみの腹の光を追及しない。

（見えてないのか？　だが、アメリのこの焦りようを見ても、やはり、ぬいぐるみにはなにかが宿っている。もちろん、アメリには見えているのだろう）

ルークは確信した。とはいえ、側近たちがいるこの場で追及することはできない。

「悪かった。ぬいぐるみを大事にするといい」

「はい。なんだかよくわからないですけど。ルーク様がこの子を気に入ってくれたならうれしいです」

恥ずかしかったのだろう、涙目になりつつも笑った彼女は、今まで出会ったどんな令嬢よりも、かわいらしく見えた。

＊

（あ、焦ったー！）

お茶道具の片づけを理由に執務室から抜けてきたアメリは、壁に寄りかかって息をつく。心労で身が削れるかと思った。

（ルーク様、ぬいぐるみに執着しているよね。なにか気づいているのかな……）

アメリは空き部屋に飛び込むと、ぬいぐるみを取り出し、「フロー、大丈夫だった？」と呼びかける。

《……うん》

お腹のあたりに光は見えるが、反応は鈍い。

「フロー、フローってば、フローちゃん？」

不安になって何度も名前を呼ぶと、ゆっくりとぬいぐるみが動きだす。

《聞こえているって。アメリ、うるさいよ》

「だって元気がなさそうだから心配で……」

《一気に力が吸われて調子が悪いんだよ。実はさ、精霊石のありかがわかったんだ》

「ええっ」

精霊石を捜しに城に戻ってから、一番の成果だ。なのに、フローの声は沈んでいた。

「だったら、なんでそんなに……」

《厄介な奴が持ったままだったんだ。……取り返すのには、苦労しそうなんだよね。失敗したら、僕の方が消えちゃうかも》

「消える？　そんなの嫌よ」

アメリが涙目になる。フローはぬいぐるみの体をふわりと浮かせて、アメリの涙を拭きとってくれた。

《アメリは、最初の聖女に似ているな。元気で、素直で、僕を大事にしてくれた。だから僕は人の形をとって、彼女の生きるこの土地を守ろうって決めた。次の聖女も、その次の聖女も、……みんな僕に優しかったよ》

「母様も？」

問えば、フローの声が少し曇った。

《もちろん。だけど、ローズマリーは、最後は僕を憎んでもいたかもしれない》

「どうして？　そんなわけないわ」

《聖女だから、結婚を許されなかった。だからローズマリーは不幸になったんだ。彼女が死んだのは、僕のせいだよ》

フローの声が悲しそうで、アメリは一緒につらくなる。
「どうして聖女は結婚してはいけないの？」
《聖女が純潔である必要なんてないんだよ。それに、聖女って言っているけど、性別は関係ない》
「ええっ、どういうこと？」
《僕らの姿が見える人に共通するのは、魔力が強く、万物への感謝を持ち、精霊の存在を信じているってことだ。この国の王族は魔力を持っているだろう？》
「でも伯父様や王子たちは見えなかったのよね？」
《あいつらは魔力持ちではあったけれど、傲慢だったし。欲がありすぎるんだよ。人間の欲はドロドロしているんだ。気持ち悪くて、僕らは好きじゃない》
「じゃあ、聖女が王族の女性ばかりだったのって」
《魔力の多さから王族に出がちなのはたしかだけど、男はどうしても権力の近くにいるだろ。継承権のない姫は、基本的に蝶よ花よで育てられるから純粋で、僕らを見えるようになりやすい》
なるほど。アメリは納得する。
《純潔かどうかも関係ないんだ。子供の方が純粋だから見えやすいってだけで。だけ

ど、初代大公が勘違いして、純潔であれと後世に伝えてしまったんだよ》
「訂正しなかったの？」
《最初の聖女は男嫌いで、ちょうどいいからとそのままにしていたんだ。のちの聖女には、僕からのメッセージとして『純潔である必要はない』って伝えてもらったんだけど、大公からは、聖女が結婚したいからと自作自演しているんだと思われて、信じてもらえなかった。なぜか大公を継ぐ者は、僕と相性が悪いらしくて、まったく見えないみたいだから》
「私も子供の頃は見えなかったわよ？」
《君は魔力が弱かったからね。大人になってから見えるようになる珍しいタイプだ》
「そうだったんだ」
　驚きの事実がいくつも出てきて、アメリは頭を整理するのに必死だ。しかしまだ本題が残っている。
「で、フロー。精霊石を持っていたのは誰だったの？」
　フローはしばし黙っていたが、意を決したように話し始めた。
《ベリトっていう悪魔。人の欲を好み、契約をして人に宿るんだ。国を亡《ほろ》ぼすのも遊びのように思っている、悪い奴だよ。奴は黒魔法――特に変化の魔法を得意としてい

る。……十年前もそうだった》

「十年前って……」

《ぬいぐるみから精霊石を奪い、止めようとしたローズマリーを突き飛ばして殺したのは、ベリトに操られたバートランドなんだ。精霊石にはその場で黒魔法がかけられて、僕は力を根こそぎ奪われた。ローズマリーが朦朧《もうろう》としながらもぬいぐるみに守護の魔法をかけてくれたから、生き延びられたけど》

アメリは身震いをする。母の最期は想像よりもずっと壮絶だった。

《その後、ベリトは僕から奪った力を使って、好き勝手やっていたよ。フローライトを黒く変色させたり、鉄鉱石の見た目を金鉱石に変えたりね》

そうして私腹を肥やして、バートランドを喜ばせた。

この国で十年前に一時、金がもてはやされたのは事実だ。しかし長続きはせず、すぐに金鉱山はかれてしまったはずだ。

《あの時の金は、他の鉱石を、ベリトの黒魔法で姿を変えて見せていただけ。偽物なんだ。古参貴族は今もあの頃の金細工をつけているけど、きちんと調べれば偽物だってわかるはずだよ》

「フローライトの変色は……」

《あれもベリトの変化の魔法さ。僕の力そのものともいえる精霊石に変化の魔法がかけられているから、国内のフローライトは掘り出された途端に黒化していくんだ。ただ、すでに加工されている物は大丈夫だよ。そこまでは精霊石の力も及ばないから》

では、諸悪の根源は、ベリトという悪魔だったのだ。

《バートランドが処刑されたって聞いたから、てっきりベリトはもうどこかに行ってしまったのだろうと思っていたんだよ。だから、どこかに放置された精霊石を捜して壊せば、事は解決すると思っていた。……でも、そうじゃなかったんだ。あいつ、別の人間に憑《つ》いてこの城にいた。さっき、庭園で見たんだよ。僕を見つけて笑っていた。そしたら、一気に力を吸われた感覚があって……》

だからふらふらと戻ってきたのか。アメリはフローを手のひらにのせた。

「魔力を吸っていいわよ。まずはフローが元気にならないと」

《でも、アメリ、まだ仕事中だろ?》

「仕事よりフローが大事よ」

《……ありがとう》

一気に力が吸い取られる。アメリは一瞬ふらついたが、足に力を入れてこらえた。

《ごめん、大丈夫?》

「平気よ。とにかく、事情はわかったわ。もう精霊石を見つけるだけじゃ駄目で、ベリトを倒さなきゃいけないのね？」

人が悪魔と戦えるかはわからないが、できることがあるなら、なんでもしてフローを助けたいとアメリは思う。

「どうやったらベリトを倒すことができるの？」

《ベリトは人に憑くって言ったろ？　憑いている人間を倒しても、また別の人間に憑依《ひょうい》してしまうから、誰にも憑いていないタイミングで封印しなければならない》

「封印ってどうやるのよ」

《僕が力を取り戻せば、できるよ》

「でも、精霊石を壊さないと、フローの力は奪われ続けるんでしょ？」

堂々巡りだ。やはり先に精霊石を奪い返して、壊さなければいけない。

結構時間が経ってしまった。アメリは、ぬいぐるみをポケットにしまう。

「精霊石を奪う方法は、また一緒に考えましょう。フローはここで休んでいて？」

アメリは空き部屋から出ると、急いで厨房に向かい、お茶道具を片づけて、執務室に向かった。

『正体がばれました』

一夜明け、アメリはいつものようにルークの身支度を手伝っていた。

「今日は仕立て師が来るから同席するように」

「はい」

（珍しい。新しく服を仕立てるおつもりなのかしら）

アメリは意外に思いつつ頷いた。おそらく、衣装への意見を求められるのだろう。

しかし午後三時の鐘が鳴った今、仕立て師の前に立たされているのは、ルークではなくアメリだった。

「こいつに似合うドレスを見繕ってくれ。時間がないから、既製品の直しでいい」

「ちょっと待ってください。どうして私？　そんなの作るお金ないです！」

あまりに驚きすぎて、大声を出してしまった。

衣装室には、ルークとロバート、アメリと仕立て師の四人がいる。

アメリの雄たけびに、ルークと仕立て師はきょとんとしたまま、ロバートだけが焦ったような顔をしている。

「ロバート、説明していないのか？」

「てっきり、ルーク様が伝えていると思っていたのですよ」

ルークとロバートが顔を見合わせ、ルークが顎で説明を促した。

「……すまん、アメリ。説明するとな。ルーク様のパートナーとして夜会に出てほしいのだ」

「なんの説明にもなっていません！　夜会ってなんですか、それに、一国の王のパートナーにメイドはありません。絶対にです」

アメリの返答に、ルークがにやりと笑った。

「絶対ってことはないだろう。ここに、それでいいと言っている人間がいるのだから」

ルークが自分を指さしてそう言うが、「私はまだ了承していませんが？」と睨む。

もう不敬とか言ってはいられない。自分の意思を主張しなければ、訳のわからないことに巻き込まれてしまう。

「じゃあもっと順序立てて説明しよう。テンバートン侯爵の屋敷で、二週間後に夜会がある。カーヴェルという商人の紹介と彼への支援の嘆願を目的とするものだ。彼は金細工の販売に力を入れているそうで、テンバートン侯爵領にある金鉱脈を見つけ出した張本人らしい」

「え？　金……ですか？」

「そうだ」

この国の金の採掘量は微々たるものだ。それが急に増えるのには違和感がある。

（この件……もしかしてベリトが絡んでいるの？）

「俺はそれに参加しなければならない。だが、ひとりで行くと、テンバートン侯爵の娘をエスコートする羽目になる。そこでお前が必要になるというわけだ」

「テンバートン侯爵令嬢がお相手では駄目なのですか？」

「……嫌だ」

急に語彙《ごい》を失ったかのように、ポツリと言われた。そっぽを向くところなどまるで子供みたいだ。

夜会に行けば、今のベリトに会えるかもしれない。直接対峙するのは危険かもしれないけれど、ただ手をこまねいていたところで事態が好転するわけでもない。そういう意味では、むしろこれに乗っかるのは悪くないように思えた。

「……わかりました」

「よし。では、衣装を決めてくれ。お前が決めないなら俺が決める。主人、いずれにしても俺の服と一部色を合わせてくれ」

「え？」

アメリは驚いたが、仕立て師は笑顔で頷く。

「揃いにされますか？」

「パートナーだからな」

呆然《ぼうぜん》としている間に、あれよあれよとドレスが決められていく。

デザインが固まると、仕立て師はメジャーを手に持ち、立ち上がる。

「では採寸をいたしますね。こちらに」

「えっ、あっ、ちょっとっ」

採寸用に持ち込まれたと思われる衝立《ついたて》の奥へとぐいぐい引っ張られていく。

「諦めろ、アメリ」

ソファに腰かけたまま、ルークはアメリに笑顔を向けた。

これまでで一番いい微笑みを、こんな場面で見るとは。

不覚にもときめいてしまったことは、誰にも言いたくないなとアメリは思った。

仕立て師が帰る頃には、アメリは心身共にぐったりしていた。

（普通に体を動かして掃除をしている方がまだ楽だわ。王侯貴族って本当に大変）

自分には向いていない。平民として育てられたことに、感謝してしまうほどだ。

「ご苦労。あとはダンスだな。踊ったことは……ないよな。俺もそんなに得意じゃないから、最初のワルツだけ踊ればいい」

「……え？　ダンスパーティーなのですか？」

「ああ」

ルークは当然のように頷くが、アメリは一気に青ざめた。

（いや、待って、無理！）

「今回は立食形式のかしこまらないパーティーらしい。ダンスも必須というわけではないのだが、礼儀だから一曲くらいは踊らないといけない」

「それ、まさか……私もですか？」

「もちろんだ。俺のパートナーなのだからな。お前、俺をひとりで踊らせる気か？」

「できるなら……」

「駄目だ」

あっさりと断じられる。

「いやっ、絶対に無理ですぅ」

「そう言うな。夜会までダンスの練習も仕事にしよう。ちゃんと勤務時間内に教えてやるから」

「そういうことじゃないんですよ！」

そこからしばらく、アメリは思いつくまま文句を言いまくったが、聞いてもらえるはずもなく、場所をルークの私室に移し、ステップの練習をさせられることとなったのだった。


（部屋にダンスするスペースがあるなんておかしくない？）

そう思いながら、アメリは楽しそうにリズムを取るルークを見上げる。

「ほら、ワン、ツー、スリー。ワン、ツー、スリー」

「こう？　いや、こうですか？」

腰を抱かれて、手を重ねられて。正直それだけでもてんぱっているというのに。

（息が耳にかかる！　恥ずかしくて死ぬ！　死んじゃう！）

「体の軸がぶれないように。顔は正面。足の動きは暗記しろ」

「無理ですー！」

しかも、ルークは案外スパルタだ。

（最近、机で仕事するところばかり見ていたから油断していたけど、この人、騎士団にいたんだった……)

そもそもの体力が、アメリとは違うのだ。

しかも女性慣れしていないからか、このペースに女性がついていけないことにも思い至っていなそうだ。

「あっ……」

ついに足がもつれて、転びそうになる。

「おっと」

前にバランスを崩したアメリを、ルークが胸で受け止めてくれる。

男の人の胸にもたれるなんて初めてのことで、アメリは顔を熱くした。

「大丈夫か？ アメリ」

「す、すみません」

でも、一度動きを止めたら足が動かない。がくがくして、彼の腕から逃れることさえできないのだ。

(怖い。怒られる。わざとじゃないけどっ)

かつて、イザベルが腕に触れただけで突き飛ばされたことを思い出し、青ざめる。

「なんだ、足が立たないくらい疲れていたのか」

言うなり、視界がふわりと浮いた。

「……はっ？」

アメリは、ルークの両腕で抱き上げられていた。

「なっ……な、ななな」

「少し休憩しよう。気づかなくて悪かったな」

アメリがパニックになっていることなど気にした様子もなく、ルークは、アメリを抱き上げたまま、ソファまで運んだ。ゆっくりと下ろされ、やわらかいクッションに体が沈む。

「あわ。あわ……」

「どうした、口も回らなくなったか？」

ルークは軽く微笑んで、置いてあった水差しから水を入れてくれた。

「そ、それは私の仕事です」

「動けないんだろ。気にするな」

（いや、気になりますけど……）

アメリは困っていた。が、吹っ切れかけてもいた。

どうせ今はダンス練習のため、ふたりきりだ。ルーク本人に気にした様子がないのだから、甘えさせてもらっても怒られないのではないだろうか。

「では、お言葉に甘えていただきます」

「ただの水に仰々しいな」

体中に水が染み渡っていくようだ。目をつぶって息をつくと、足に誰かが手を触れている感触がある。

目を開けると、見えたのはルークのつむじだ。恐れ多くも大公が、アメリの前にひざまずき、靴下の上から足に触れているではないか。

「ルーク様?」

「少し腫れているかもな。そんなに無理をさせたつもりじゃなかったんだが。悪いな。つい熱が入ってしまった」

見上げてくる顔がもうずるい。美形の上目遣いなんて、どんな女の人でもときめいてしまうに決まっている。

「おい」

「な、なんでしょう」

「顔が赤い。熱が出たわけじゃないだろうな」

額に向かって手を伸ばしてくるので、アメリは全力でよけた。

「だ、大丈夫です っ。ちょっと休めば完全に復活しますからっ」

「そうか?」

ルークは不満そうに唇を尖《とが》らせると、ダンスのために脱いだジャケットを着直した。

「では、しばらくここで休んでいろ。誰も来ないようにしておくから」

「はい……」

「俺は執務室に行ってくる」

ルークは息を荒らげることもなく、涼しい顔で部屋を出ていく。

(執務に戻るのかしら。すごい体力……。超人だな、ルーク様は)

アメリは慣れないダンスに、手足を伸ばすだけで痛いというのに。

「……ドキドキしているのも私だけね」

女嫌いを公言している人にときめくなんて不毛だ。なのに、こんなふうに振り回されることが、嫌じゃない。

「駄目だって。ときめくとかなし!」

ソファに横になり、アメリは顔を押さえて目をつぶった。

普段、こうしてゆっくりすることもないからか、自分の心臓の音も感じられる。

(フローの気配も……する)

アメリはぬいぐるみを取り出す。今はまた眠っているようだ。光が見えない。
「フロー、大丈夫？」
《……ん？》
ぬいぐるみのお腹が光りだす。アメリの手を離れてふわりと浮かんだ。
《あれここ、ルークの部屋？》
「ダンスをしていたのよ。わからなかったなんて、完全に寝入っていたのね」
体を起こそうとしたアメリは、腕や足の痛みに顔をしかめた。
《どうしたんだよ、動きが変だぞ》
「いたた……普段使わない筋肉を使ったからよ。フローはどう？　元気になった？」
《うん。昨日よりはね。まあ、根本的解決にはならないけど》
声に元気が戻ってきた。アメリはほっとして、ソファに背を預ける。
「聞いてよ。ルーク様ったらひどいんだよ」
アメリはフローに、ダンスをしなくてはならなくなった経緯を説明した。フローはひと通り聞いたのち、ぬいぐるみの手を口もとに寄せ、考え込む仕草をする。
《ルークって、アメリのことが好きなのかな？》
突拍子もないことを言われて、アメリは顔が熱くなる。

「まさか！　そんなことあるはずないじゃない」

《だってかまいすぎじゃない？　メイドを夜会のパートナーに選ぶのも無理があるし》

「それは、ルーク様が女嫌いで。他の令嬢だと角が立つからで……」

そう思うけど。アメリと接する彼からは、女嫌いという感じは受けない。

（あれかな。メイドは女枠に入らないのかな。だから私にいろいろ頼むのかしら）

《アメリもまんざらでもないんじゃないの？》

「なっ、そんなことないわ。ルーク様は雲の上の人すぎて、ないってば！」

むきになって反論する。たしかにルークは思ったより話しやすいし、君主としても尊敬しているし、好きか嫌いか聞かれれば好きだと、アメリも自覚しているけれど、恋愛対象として見ること自体が恐れ多いのだ。

「メ、メイドにかまっている場合じゃないわ。ルーク様は早くお嫁さんをもらわなきゃいけないんだよ！　家柄も立派な素敵なご令嬢が必要なの！」

《家柄が合って、年齢も合う令嬢は限られているんじゃないか？　ルークと年齢の釣り合う女性なら、すでに結婚している方が多いだろうし》

「そうね。たいていの貴族令嬢は二十歳までに結婚しちゃうもの……。テンバートン侯爵令嬢は十八歳なんだっけ。家柄も年齢も……なんなら容姿だって完璧なのにな」

美しく着飾ったフェリシアのことを思い出す。自分に自信があるのだろう、常に堂々としていた。たしかに傲慢なところはあるが、的確に自身のセールスポイントを打ち出したところなどを考えれば頭はいい。

(大公妃には向いているんじゃないかしら……)

「彼女の性格が苦手だ」

突然、後ろから声がして、アメリは慌てて宙に浮いていたぬいぐるみを掴む。

「ル、ルーク様？」

「言いつけどおりには休まないだろうなと思って、見に来たらこれだ」

「す、すみません」

アメリは笑ってごまかしながら、ぬいぐるみを胸に抱きしめる。

(み、見られてないよね？)

恐る恐るルークの表情をうかがうと、彼は不審そうにぬいぐるみを見ている。

「今、そのぬいぐるみ、動いていただろう」

「まさか！　ひとり遊びですよ、ほら」

ぬいぐるみを動かしてごまかす。しかし、ルークは目を細めて疑心たっぷりの視線を向けてきた。

「実は、前から時々、そのぬいぐるみが光って見えるんだ」

血が下がっていくような感覚があった。ルークはアメリのその表情に、納得したように頷いた。

「お前も見えているんだろう？　そのぬいぐるみには、普通の人間には見えないなにかが宿っている。……そうだな？」

アメリは耳を疑った。フローを認識できるのは、自分だけだと思っていたのに。

《アメリ、もうごまかすのは無理じゃないか？》

フローの声に、アメリもついに観念した。

「……そうです」

肯定を聞いて、ルークは前のめりになった。ぬいぐるみはアメリの手を離れ、ルークのもとまで飛んでいく。彼は右手でぬいぐるみを受け止める。

「やはり。これはなんだ？　精霊か？」

「そうです。フロー。……フローライトの精霊です」

ルークの顔がぱっと晴れる。そして、一度コホンと咳払《せきばら》いすると、小声でささやく。

「このぬいぐるみは母親の形見だと言ったな？　じゃあもしかして……」

「そうです。……私の母は、ローズマリー。失踪した聖女です」

ついにばれてしまった。それはつまり、アメリが前大公の血筋だということも知られてしまったということだ。

（……ってことは）

「わ、私、処刑ですか？」

恐怖で声が震えてしまう。

「は？　処刑？　なにを言っているんだ、お前は」

「だって、王家の血筋はみんな処刑したのですよね。生き残っていたら禍根が残るとかどうとか……いろいろあるのでしょう？」

もはや涙目のアメリに、ルークが焦る。

「あの時の粛清は、国を壊滅に追いやった者への処罰であって、お前は関係ないだろう？　ほとんどメイド長に育てられたんだろうし。そもそも、お前を悪人だと疑う余地もない」

「でも……」

「殺されると思って、話さなかったのか？」

それればかりが理由ではない。正直、その逆もだ。聖女として祭り上げられるなんてまっぴらだったからだ。けれど、今は頷いておく。

すると、次の瞬間、ルークに引っ張られ彼の胸に顔を押しつけることになった。

「なっ……」

「大丈夫だ。殺したりしない。……生きていてくれてよかった」

最後の言葉には実感がこもっていて、アメリの動揺も、少し落ち着いてきた。

ルークは、「よしよし」と言いながら頭を撫で始める。

（……これは、もしかしてなだめられている……？）

完全に子供扱いされているようだ。

アメリは自分ばかりがドキドキしていることが、無性に悔しくなってきた。

《アメリを離してよ、困っているじゃないか》

アメリの苛立ちを、フローは正確に把握してくれたようで、ルークの目の前を飛び回って抗議してくれている。

ルークの手の力が抜け、ふたりの間に隙間ができると、フローはそこに入ってくる。

「なにか言いたげだな。アメリ、お前はフローの声が聞こえるのか？」

「ええ。今は……離れろって言っていますね」

「え？」

ルークは、反射的にアメリから手を離す。

(あれ待って、これは逃げるチャンスでは?)

その隙を見て、アメリは逃げ出そうと立ち上がった——が、足はまだ調子を取り戻してはいなかった。よろけて、そのまま転びそうになる。

「危ないっ」

次の瞬間、アメリはルークに抱き込まれていた。そのまま、ルークが体を反転させ、アメリをかばうようにして、背中から転がる。

アメリに伝わった衝撃は、ルークによってずいぶん緩和されたものだけだ。

「すみません。ルーク様、大丈夫ですかっ」

すぐさま起き上がって、彼の無事を確認しようとした。すると、右手首を掴まれて引っ張られたかと思うと、背中に手を回されて体を拘束される。

「きゃあっ」

「……なぜ逃げる。お前を殺すつもりなんかないって言っているだろう」

じたばた暴れても、離してもらえない。結果的に最初よりもずっと密着する羽目になってしまった。

「前から、お前が聖女なんじゃないかと思っていた」

（なにそれ。いったいいつから気づかれていたの？）

「と、とりあえず離してください！」

「お前が逃げないならな」

「逃げませんから」

ルークは両手を開いて解放し、アメリをソファに座らせたが、警戒しているのか隣に座って、逃げられないように圧をかけてくる。

アメリは観念してすべてを話した。

子供の頃から、塔の地下に閉じ込められて暮らしてきたこと。

マーサの計らいで、アメリだけは孤児として外に出ることを許されたこと。

その当時は、母が聖女だなんて知らず、フローのこともただのぬいぐるみだと思っていたこと。

「フローの声を初めて聞いたのは、レッドメイン王国軍が城に押し寄せた時です。彼はすごく弱っていたけれど、私から魔力をもらったら動けるようになったと言っていました」

「魔力をもらう？　精霊が？」

「はい。フローの力は不安定で、私から魔力の供給を受けているんです」

「お前に魔力があるのか」

「一応？　少ない方らしいですけど」

実際、アメリもよくわかっていないので、質問にうまく答えられている気がしない。

見かねたフローが会話に入ってくる。

《……ルークは僕が光として見えているんだよね？》

「そう言っていたわよ」

《じゃあもしかして……》

フローはルークに近づいていく。

《アメリ、ルークに僕をのせてって頼んでよ》

「え？　……うん。ルーク様、手をこうしてください」

アメリが手をお椀《わん》のようにして見せる。ルークは言われた通りに手を動かし、ぬいぐるみのフローがそこにのった。

アメリが蓋《ふた》をするように手を合わせたその時——ごっそり力を抜かれた感覚がした。

「きゃっ」

フローが発する光が、ひときわ強くなった。蓋を開けるように手を外したアメリは、目を見張った。ぬいぐるみから強い光が抜け出してくる。それはいつものような光の球ではなく、人の形をしていた。

手のひらくらいの大きさの、羽の生えた少年だ。銀色の髪はふわふわで、瞳は薄いブルーで見とれるほど綺麗だ。

「嘘……フローなの？」

《わあ、すごい》

フローは自分で自身を確認するように手足を見ている。

驚いたのは、ルークもまた、フローを凝視していることだ。

「……本物か？」

「ルーク様にも見えているのですか？」

「ああ。それどころか、声も聞こえる」

信じられないというように、ルークがつぶやいた。

フローはひらりとアメリとルークの間を飛び回って、ご機嫌そうだ。

「フロー、これがあなたの本当の姿なの？」

《そうだよ。今、ルークからも魔力を分けてもらったんだ。ルークはすごい魔力量だね。おかげでちゃんと人の形になれた》

「俺の魔力を……？」

ルークの問いかけに、フローは周囲を飛びながら答える。
《そう。僕は人の想いを核にして生まれた精霊だから、民がフローライトを必要としていない今、すごく不安定なんだよ。だから魔力がある王家の姫から、力を分けてもらっていたんだ。それが聖女と言われる存在だよ》
「魔力……。なるほど。だから聖女は、王族からしか現れないのか。魔力が継承されるのは、王族だけだから」
ルークは納得した様子だ。理解が早い。
「で、お前と波長が合ったのは姫だけだったから、聖女と呼ばれたわけだな」
《僕を女好きのように言わないでくれる？　まあ間違ってはいないけど》
フローが頷く。アメリは思わず手を上げて質問していた。
「ボーフォートの王族とレッドメインの王族はもとをたどれば一緒で、ルーク様はたまたまフローと波長が合ったから、フローの姿が見えるようになったってことで合っている？」
《そうだね。魔力の質が合うってだけじゃなくて。ルークはあんまり欲がないから、一緒にいても不快感がない》
そういえば、精霊は人間の欲が苦手だと言っていた。

「だが、どうして急に、声まで聞こえるようになったのだろう」

ルークは不思議そうにしている。

《魔力をもらったからじゃないかな。君と僕がつながったってことだよ》

「私は最初から聞こえたよね？」

《アメリは子供の時から一緒にいたから。無意識に少しずつ魔力をもらっていたんだと思う》

「それにしても、一度にふたりの聖女が存在するなんてな」

《しかも、ルークは初めての男の聖女だね》

フローがカラカラと笑う。

（え？　笑い事でいいの……？）

苦笑いをしたルークは、ふと思いついたように口もとを押さえる。

「フロー。カーヴェル卿のことを知っているか？　彼は聖女じゃないよな」

「カーヴェル卿ですか？」

アメリは小首をかしげる。それはたしか、テンバートン侯爵の屋敷での夜会の主役の名ではなかったか。

《それ誰？》

「カーヴェル卿は精霊の声を聞き、金脈を見つけたと言っている」
《それは嘘だ。金鉱石なんて、この国にはほとんどないよ》
フローがはっきり否定する。
「だが、カーヴェル卿はすでにいくつもの金鉱石を掘り出しているようだが」
続けられたルークの言葉に、フローは難しい顔をした。
《そいつ、たぶんベリトだよ。異国の格好をしていて、くすんだ肌をした細目じゃなかった？》
「そうだ。こう、目はつり上がっている」
《人に憑く悪魔なんだ。変化の魔法を使って、他の鉱石を金に見せることができる》
「では、カーヴェル卿の見つけた金鉱石は偽物だというのか？」
《うん。見た目は金だけど、性質とかはもとの鉱物のままだよ》
エルトンの金細工が流通して、もしボーフォート公国産のものとして他国にまで渡ったら、世界的な詐欺事件となってしまう。今の国力では、他国から糾弾されたらこの国は持たない。
「それは……まずいな……」
ルークが唇を噛みしめてつぶやく。

《変化の魔法は、精霊石から得る魔力を使ってかけているはずだから、やっぱり精霊石を取り返さないと》
「精霊石？」
ルークが聞き返した時、フローは急に顔をゆがめ、人の形から光の球になる。
「フロー！」
《そろそろ人の形を保つのが難しくなってきた。僕、ぬいぐるみに戻るね》
そう言うと、光はぬいぐるみの中に入っていく。
「いったい今なにが起こったんだ？」
ルークはわけがわからないという様子だ。
《精霊石は、僕が長年かけて、魔力を貯めていたフローライトだよ。それがベリトに奪われて、逆に力を吸い取られるようになったんだ。今も、そう。力を奪われて、人の形を保っていられなくなった》
「精霊石はなんのためにあるんだ？」
《僕の力は不安定だから、時々聖女から魔力の供給を受けないと安定しない。でも、聖女がいない期間もあるから、そんな時に魔力を引き出すために作ったんだ》
「作った……お前が作れるものなんだな」

《うん。でも今は無理だよ。生きるのに精いっぱいで、余剰の魔力なんてないから》

フローがぬいぐるみの耳をぴょこりと動かす。

「このぬいぐるみには魔法がかかっていて、フローを守ってくれるんです」

《ローズマリーが魔法をかけてくれたんだよ》

ルークは無言でぬいぐるみを手に取り、アメリには聞き取れない呪文のようなものを唱えた。すると、光で文字が浮かび上がってくる。

「……ぬいぐるみを取り巻いているのは、結界魔法に近いな。レッドメイン王家に伝わるもので、守護の力に適性がないと扱えない魔法だ。おそらくローズマリー姫は守護の力に長けていたんだろう」

ルークは納得したように頷いた。

「……つまり、ベリト——カーヴェル卿を止めるには、その精霊石を取り返さなければいけないということだな」

「そうですね。ベリトがカーヴェル卿だとすれば、今度の夜会はチャンスじゃありませんか？」

アメリの勇ましい発言に、ルークが視線を向けた。

「探ることはできるだろうが、果たして精霊石がすぐ見つかるだろうか」

「フローなら気配でわかるんだよね？」

《うん》

「……夜会にどうやってぬいぐるみを連れていくつもりだ」

「あっ……」

たしかに、メイド服の時と違って隠せるようなポケットがない。

「精霊石の見た目はどんななんだ？」

ルークに問われ、アメリとフローは一生懸命身振りを加えて伝える。

「大きさはこのくらいです」

アメリは親指と人差し指で輪を作って見せる。

《本当は無色透明だけど、今は魔法をかけられて黒くなっていると思う。フローライトの変色現象もあれが原因だから》

「……その大きさで、黒……」

ルークは少し考え込む。

「カーヴェル卿は左手に大きな黒い指輪をつけていた。ちょうど大きさはそのくらいだと思う」

「黒……ですか？」

「ああ。透明な黒い石は珍しいから覚えている。ブラックダイヤモンドかとも思ったのだが、そんな希少なものをあの大きさで手に入れるのは難しいだろうし、もしかするとあれが……」

《僕が見れば一発でわかるよ。なんとかして夜会についていけないかな》

「その指輪を奪えばいいのか？」

《壊せればそれでいいんだ。今は聖女がふたりいるから、精霊石がなくなっても、僕は消えないし。ベリトの件が片づいてから新しい精霊石を作ればいい》

「そうか……」

ルークの顔に、安堵が浮かんだ。それは彼のそばに仕えるようになって、初めて見た表情のような気がする。

（ルーク様は本気で、ボーフォート公国の復興を願ってくれているんだわ）

大公となることだって、本当は望んではいなかったかもしれないのに、ルークはずっとこの国のことを本気で心配していてくれたのだ。

（だったら、私も……、ルーク様の力になりたい）

アメリの中に、そんな気持ちが生まれてきていた。

これまで、面倒は嫌だと思っていた。生まれた国とはいえ、自分が守る義理はないとも、思っていた。

（だけど、ルーク様が守ろうとしているのなら……）

自分も一緒に守りたい。そう、心の底から思えるようになった。

「では俺が、精霊石を壊そう。だから、フローも俺に力を貸してはくれないだろうか」

《うん？》

「ベリトの件が片づいたら、ボーフォート公国の復興に力を貸してほしいんだ」

《もちろんだよ。僕は昔からずっと、この国を守っている。前みたいに、皆に幸せに笑ってほしいし、フローライトを好きでいてほしいよ》

「私も、協力します！」

意気込んで言うと、フローが肩に乗ってきた。

《うん。頼むよ、僕の聖女》

「うん！」

まだなにも解決していないけれど、アメリは妙に晴れ晴れとした気持ちになった。

「絶対に、この国に平和を取り戻しましょう」

『ルークの真意』

夜、アメリはいつものように毒見に向かった。どうせロバートがいれば、フローが話に加わることもないので、ぬいぐるみは部屋に置いてきている。

ところが、呼ばれた部屋に入ると、中にはルークしかいなかった。

「あれ、ジャイルズ伯爵様はいないのですか？」

「ああ。奥方とゆっくりしたいだろうから、帰らせた。気を使えと言ったら納得していたぞ」

「気を……？」

「俺がアメリとふたりきりでいたがっていると思っているのさ、ロバートは」

「なっ、否定しなかったんですか」

アメリは動揺したが、ルークは平然としている。

「しない方が都合いいだろう。フローの件もある。ふたりで相談すべきことも多い。ふたりきりになるのに、俺たちが恋仲だと勘違いさせておいた方がいい」

「それは……そうかもしれないですけど」

「それとも、君には誤解されたくない相手がいるのか？」

「そんな人はいません……けど」

だけど、ルークの評判というものもある。

ただでさえ、毒見と称して夕食を共にしているのが知られ始めているのだ。ロバートの態度から、アメリがルークの愛人になったと思い込む人間も現れるだろう。

「奥方を娶る前から、メイドを愛人にしていたなんて言われるのは、ルーク様にとってよくありません」

「俺は独身なのだから、恋人と呼ぶものじゃないか？　なぜ愛人なんだ」

「それは私がメイドだからですよ」

一国の王の相手が、使用人であっていいはずがない。最低限貴族でなければ、釣り合いがとれないだろう。

「君はメイドじゃない」

いつもより低いトーンの声。まるで怒っているような声に、アメリはびくりとしながら顔を上げる。

「聖女の娘……いや、今は君が聖女だ。俺は、君の立場を回復させるつもりだ」

「え？」

「聖女は、この国に必要な存在だ。前大公の血筋でもあるんだ。君が女大公になっても問題ないだろう」

アメリは一気に血が引いていくのを感じた。

「今……なんて言いました？」

「いずれは君を大公にしたいと言った」

「正気ですか？」

「もちろんだ」

頭にカッと血が上って、気づけばテーブルを叩いていた。

「私はメイドです。血筋がどうであろうと、平民としてしか生きていないんですよ」

ルークは驚いたようだ。目を見開いて、アメリを凝視している。

「私には、国への愛着がありません。聖女だということも、ずっと隠して生きていくつもりだったんです。それに、この国にはルーク様がいらっしゃるじゃないですか。ちゃんと民のことを考えてくださる大公がいるのに、私なんて必要ないでしょう」

話しているうちに、ルークの表情が沈んだ。まるで、突き放された子供のような心細げな顔だ。

「しかし俺は、いつかは大公位を譲るつもりだった。最初は兄上の子にと思っていたが、聖女がいるなら聖女の方がいい」

「なぜですか？」

「民が望んでいるのが、聖女だからだ。俺なりに、この三年、国の復興に努めてきたつもりだ。しかし、最終的に民は、聖女がいないことを嘆いていた」

本気で言っているのだろうか。アメリには理解できない。

「ルーク様も聖女でしょう？　だったら私が大公になる必要はありません。だいたい、ここまで国を復興させたのはルーク様じゃないですか。私はなにもしてない。フローが精霊石を捜すのをただ見ていただけです。私は、戦争前もメイドとして勤めていました。あの時と今では全然働き方が違います。給金が上がり、夢も見られるようになった。ルーク様が大公として、この国を過ごしやすい国にしてくれたんじゃありませんか」

ルークの目が見開かれる。

「大公が民の暮らしをよくするために考えるのはあたり前のことだ」

「それをあたり前と思える人が、大公となるべきなんです。私は政治のことなんてなにもわからないですし、わかりたいとも思っていません。王族としての振る舞いだって……」

「それなら大丈夫だ。政務のサポートは俺がするし、もともとお前は頭がよくて覚えがいい。たいていのことはすぐ身につくはずだ。食事の作法だって、立ち居振る舞いだって、ダンスだって、ちゃんと習得していたじゃないか」

「えっ……」

アメリはハッとした。

雑用係になってから、ルークがアメリにしてくれたことを思い返す。

毒見だといい、食事の作法を教えてくれた。夜会のパートナーに選ぶことで、立ち姿勢や、ダンスも教えてくれた。

アメリがいぶかしんでいたすべての行動は、王族として必要な教育を行っていただけだったのだ。

「……ルーク様、いつから私のこと……疑っていたんですか？」

「最初からお前のことはただのメイドではないと思っていた。もしかして……という思いは消えなかったし、実際それはあたっていた」

だから、雑用係としてそばに置き、マナーや礼儀作法を叩きこんだのだろうか。

「じゃあ、……あれはすべて、私に貴族の振る舞いを教えるためだったんですか」

その事実が、予想以上に悲しい。

アメリは、文句を言いつつもあの時間が楽しかった。

(だけど、ルーク様にとっては義務だったんだ)

悲しいのに、涙は出ない。それがとても不思議に思えた。

まるで、絶望した時のような——。

「アメリ?」

アメリは、静かに立ち上がった。

「ごめんなさい。今日は気分が悪くて。……これで失礼します。別のメイドに、食器を下げに来るように伝えておきますので」

「待て、アメリ」

逃げようとした手を掴まれる。だけど今は、顔を見られたくなかった。

「顔を見せろ」

強引に顎を上げ、アメリの顔を見たルークは、驚愕にも似た表情を浮かべる。

(……私、今どんな顔をしているんだろう)

「私は、聖女だなんて公表したくありません。……失礼します」

振りきって部屋を出た。それ以上、ルークも追ってはこなかった。

＊

翌日、アメリは体調が悪いと言って、仕事に出てこなかった。

「なんですか、ルーク様、その格好は」

シャツを無造作に着込んだルークに、ロバートが不満を漏らす。

「うるさい。アメリがいないんだ。仕方ないだろう」

「前に選んでもらった通りに着ればいいでしょうが」

「嫌だ。べつに裸じゃなければなんでもいい」

アメリがいないのに、着飾る意味もない。これが駄目だと言うなら、彼女を呼んでくればいいのだ。

「はあ。なにを子供みたいなことを言っているのですか」

ロバートはあきれたようにため息をつくと、思いついたとばかりにルークを指さした。

「わかった！　ルーク様、もしかして、アメリと喧嘩《けんか》でもしたのでしょう。それで拗《す》ねていらっしゃる？」

浮かれ恋愛脳のロバートに言いあてられるのは癪《しゃく》だが、間違ってもいないから仕方がない。

ルークは、アメリの反応に困り果てているのだ。

聖女の娘なのに、バートランドに幽閉され、平民として生きてきたのだ。彼女が持つ正当な権利を復活させれば喜ぶと思っていたのに、アメリは少しも喜ばなかった。

「拗ねてなどいない」

「拗ねているでしょう。原因はなんですか？　詳しくはわかりませんが、謝ってしまえばいいじゃありませんか」

「俺が悪いわけでもないのに、なぜ謝らなければならない」

「ルーク様、女性と気持ちがすれ違っている時は、話さないとこじれるだけですよ」

ロバートの諭すような口調に、ルークはムッとした。

「経験談か？」

「まあそんなところです」

マルヴィナと結婚するまでは、自分だって右往左往していただろうにと思うと、今の余裕な顔に腹が立つ。

「男女が、気持ちをわかり合うのは存外に難しいものです」

たしかにルークは、なぜアメリがあんなに怒ったのかもわからないのだ。

(俺の提案が、彼女の望むことじゃなかったということだよな)

アメリはあんなにもルークの過ごしやすい環境を作ってくれるのにと思うと、同じようにできない自分がもどかしい。

(そもそも俺はどうしたいんだ。アメリの立場を復活させて、この国を任せたいのか？ 自分が楽になりたいのか？)

それは違う。少なくとも、アメリにばかり責任を負わせるつもりなどない。

(ただ、失ったものを取り戻せれば、少しはアメリも喜ぶんじゃないかと思って。……そうだ、俺はアメリに)

――笑ってほしい。

ルークがアメリといて心地いいと思ったように、アメリにも自分の近くで笑っていてほしかった。そのためにやれることがあるなら、なんでもするつもりだった。

(でも、アメリが望んでいたのは、立場の回復でも、贅沢でもない)

ルークには、アメリの望みがわからない。それが無性に悔しく思える。

「……アメリがなにを考えているのか、わからないんだ」

「でしたら、聞いてみればいいじゃないですか。女性の心に響くのは、誠実さですよ」

「ふん。わかったようなことばかり言うな！」

鼻であしらいつつ、ルークは立ち上がった。

「ルーク様。どちらへ」

「ついてくるな。ちょっと……散歩だ」

「はいはい。いってらっしゃいませ」

ニヤニヤ笑うロバートの足を、思いきり踏んづけてやりたい気分になりつつ、ルークは執務室を出た。

ルークはまず庭に出ると、花壇から花を一本拝借する。その後、騎士団詰め所の裏を回って、使用人棟の方に回った。

アメリの部屋は、使用人棟の一階、西側の部屋だ。窓際に、フローのぬいぐるみの影が見える。

じっと見つめていると、窓から淡い光が浮かび上がってきて、ルークの肩のあたりに止まった。

《おはよう、ルーク》

どうやらフローらしい。今は光の球の状態だ。

「フローか？　昨日より姿が見えづらいが」

《今はこれが限界。人の形を保つには余剰の魔力がないとね》
「そうか。……なあ、アメリの具合はどうだ？」
《心配しなくていいよ。サボりだもん。昨日から変なんだけど。ルークのせい？》
「どうかな」
あの真面目なアメリが、サボるとはよっぽど腹に据えかねたのか。
《協力しようって誓ったその夜に喧嘩するとか、人間はたまに馬鹿みたいだね》
フローがからかうように言う。ルークはバツが悪くて肩をすくめた。
「なあ、なぜアメリは大公になりたくないんだ？」
《そんな提案をしたの？　アメリには荷が重いに決まっているよ》
「だが、精霊の声が聞こえるんだ。聖女の器だろう」
《それならルークもでしょ？》
それはそうなのだが、他国出身のルークよりも、この国生まれのアメリの方が、適任だと思うのは間違いなのだろうか。
《アメリに、この国を背負わせるのは気の毒だよ》
「どうしてだ？　政務は俺が引き受けるつもりで――」
《アメリの母親――ローズマリーは、この国に不幸にされたからさ。聖女だから結婚できず、相手の男は殺され、自分は足を傷つけられて自由を奪われたんだ。母親の不幸を間近で見てきたアメリが、この国を少しも恨まなかったと言ったら嘘じゃない？》

「それは……」

当初思っていたよりも過酷な聖女の扱いに、ルークは思わず言葉を失う。

雑用係としてのアメリは、常にルークが過ごしやすいようにと、気を配ってくれた。ルークはそんな彼女に、聖女のイメージを押しつけていたのかもしれない。

誰かの幸せのために尽くせる彼女が、人を恨むことなどないだろう、と。

しかし彼女は、母親を国に殺されたようなものなのだ。憎んで当然。そこに思い至らなかった自分が情けない。

「そうだよな。……でもなぜ、聖女は純潔じゃなきゃ駄目だったんだ？」

《純潔でいろなんて、言っていないよ。たまたま、最初の聖女が独身主義だっただけさ。人間って、一度思い込むとなかなか考えを変えてくれないよね》

「……そうだな」

ルークはようやく合点がいった。

自分も似たようなものだ。自分が聖女に持っていたイメージを、アメリに押しつけて、彼女の気持ちを考えてあげていなかったのだ。

(じゃあやはり、俺が悪い)

「……フロー、これをアメリに渡してくれないか」

ルークは先ほど摘んだ花を差し出す。

《無理だよ。僕、この姿の時はなにも持てないもん。自分でやりなよ。そこがアメリの部屋だよ》

光がふわりと移動して、窓の前で止まった。

(さすがに気まずいが……)

ルークは渋々、窓をコンコンと叩く。すると少しの間が空いて、窓が開いた。

「誰……？　ひゃっ、ルーク様？」

アメリの顔を見て、ルークは無性に安心した。

怒らせたことを反省しているとか、気持ちを考えてやれなかったとか、いろいろと思いはあったはずなのに、顔を見られたことに喜んでいる自分がいる。

ルークは急に緊張してきて、つっけんどんな言い方で花を差し出した。

「……見舞いだ」

急いで背中を見せる。顔が赤くなっているのを気づかれたくなかった。

「え？　花？　え、ちょ、ちょっと待ってください」

「昨日は、勝手な言い分を押しつけて悪かった。あれはなかったことにしてくれ。俺が大公として、責任を持ってこの国を復興させる。ただ、……共にいて、力を貸してほしい。君のことは俺が守るから」

最後の方は声がすぼんでしまった。

気恥ずかしくて逃げようとすると、「待って」と彼女の声がする。

「なんだ」

「待ってください。……力になります。私だって、ルーク様の力になりたいです」

彼女の瞳にはなにか決意の色のようなものが宿っている。

「仕事に、戻ります」

決然と言いきったその姿に、ルークの心も少し浮上する。

「ああ。待っている」

そこから内庭をひと回りしてルークが執務室に戻る頃には、アメリはいつものメイド姿で執務室にいた。

そのことに、ルークは自分でも驚くほどほっとしたのだ。

それから夜会の日までの間、ルークとアメリのダンスレッスンは続いた。

夕食も一緒に取り、食事の作法も確認する。

アメリは、ルークがくれる知識のすべてを、乾いたスポンジが水を得た時のように吸収した。

「いいんですか？」

「君が嫌なら、王族であることも聖女であることも公表しない」

「ああ。できるところまでは、自分で頑張ってみよう」

そういえば、アメリはほっとしたように笑った。

（……そうだ。こうして笑っているなら、それでいい）

隣でアメリが笑っているだけで、満たされている自分がいる。

ルークはようやく、ロバートが結婚を勧めてくる理由がわかった気がした。

＊

聖女であることを、ルークの胸の内に納めてもらうこととなり、アメリは安心して仕事に戻った。が、ルークのアメリに対する扱いは、もはや雑用係に向けるものではなかった。

「失礼します。掃除に参りました」

「ああ、アメリか。よく来たな。こっちに座るといい」

気遣うような態度も、ほかの側近にはしない優しい物言いも、無駄にドキドキさせられるから困る。

「聞こえませんでしたか？　そ・う・じに参りました！」

仕方なく、こちらがいなす形となるのだが、側近たちは、ルークを恐れないアメリの言動にざわつき、結局は親しい関係なのではないかと疑われる羽目になっている。

（……解せない……）

《まあ、いいじゃん。アメリは真面目すぎるんだよ。ルークがいいって言うんだから、楽していればいいじゃないか》

ルークにも存在がばれたので、フローもぬいぐるみに入れて、執務室に連れてきている。フローは、ルークという大量の魔力保持者に出会ったことで余裕が生まれたのか、気軽にぬいぐるみの中からも出てくるようになった。

ルークとは、毎日のように夕食を共に取り、食事の作法は意識せず動けるくらいまでになった。

「カトラリー遣いは、ずいぶんうまくなったな」

「そりゃ、毎日見張られていれば、上達もします」

「はは。ダンスはまだまだだけどな」

話し慣れてくると、ルークは案外子供っぽい人だということがわかる。からかうようなことをよく言うし、ちょっと意地悪だ。だけど不思議と嫌ではなかった。

『悪魔と出会う夜会』

夜会の日、アメリは朝から他のメイドたちに体を磨かれていた。

「まさかあんたがルーク様を射止めるとはね」

「脅されているんじゃないよね？」

「はは。そういうのじゃないですってば」

不思議と、やっかみよりは同情が多い。ルークが普段から愛想がないおかげだ。

「代わってあげようかぁ？」

ジャニカが冗談交じりに言った時、アメリはなんだかモヤモヤした。

「それは……」

「やだ、冗談だよー。そんな顔しないでよ」

いったい自分はどんな顔をしていたのだろう。アメリは最近、自分のことがよくわからない。ただ、他の人が自分の代わりにルークの隣に立つ姿を想像すると、嫌な気分が湧き上がってくる。

「じゃあ次、香油を塗るよー」

ジャニカの手に塗られた香油からは、優しい花の香りがする。ルークが持ってきてくれた一輪の花を思い出し、アメリは少し切ない気持ちになった。

身支度が整った時には二時間以上が経過していて、アメリはもうクタクタだ。

「準備はできたか？」

ルークは、夜会服を格好よく着こなしている。アメリが見とれてしまうほどだ。

他のメイドたちもそうだったようで、一瞬ほうけたのち、「ル、ルーク様、とってもお似合いです！」と正気に返ったように繰り返した。

「アメリも美しいな、見違えたぞ」

普段見せないような優しい微笑みに、赤面してしまう。メイドたちも倒れるような仕草をしていた。脳内は大騒ぎなのだろうと容易に想像できる。

「あ、ありがとうございます」

「俺はおかしくないか」

「とってもお似合いです」

ルークは頬を緩ませて上から下までアメリを見つめると、アメリの首に手を回し、ネックレスをつけてくれた。

「これは……？」

銀のチェーンを使って、小さなフローライトが編み込まれている。一つひとつは小さく色味も薄いが、編み上げたことにより豪華さを生み出していた。

「変色したフローライトからは、こうした小結晶しか取り出せないらしくてな。工夫してネックレスを作ってもらった」

「素敵ですね」

「俺のブローチがフローライトだから、揃えた方がいいだろう？」

以前アメリが選んだブローチを、ルークは好んでよくつけてくれている。

「では行くぞ」

終始優しげなエスコートをするルークに、メイドたちは黄色い声を漏らす。

アメリとしては変な気分だ。ルークは普段もっと、つっけんどんな感じなのに。

「……なんか今日、変なものでも食べました？」

「いいや。なぜそんなことを聞く？」

「あまりにもいつもと違うので、調子がくるうと言いますか」

「女性のエスコートについて、ロバートに教えを仰いだんだ。さ、行こう、アメリ」

「はいっ」

ルークの手のひらに、手を重ねる。指先が触れて、なんだかドキドキする。

(もう。どうしよう。手汗がひどい……)

ドキドキして、なんだか自分が自分じゃないみたいにふわふわする。

(これはあれよ。いつもと違う環境で不安だから、隣にいる人が頼もしく素敵に見えるだけで)

恋なんてしてはならないと、アメリは必死に言い聞かせる。

《僕も行くよ、ここに入れて》

光の球の状態のフローが近づいてきたと思ったら、ペンダントの中に吸い込まれていく。

「大丈夫? これには守護の魔法なんてかかってないわよ?」

《やばくなったら、アメリから魔力を分けてもらうよ》

「無理はするなよ」

ルークにも言われて、フローは《うん》と頷いた。

廊下では、ロバートが待ち構えていた。

「ああ。ルーク様が自ら女性をエスコートする姿を見ることができるとは……」

彼は感涙の様子だ。さすがに毎回すぎてアメリも面倒になってきた。

「さ、さっさと行きましょうよ！」

テンバートン侯爵のタウンハウスは、王都の一等地にある。このあたりは高位貴族の屋敷が多い。一軒の敷地が広いため、屋敷が点在しているといった印象だ。

侯爵の屋敷には、多くの馬車が並んでいた。入り口で順に降ろされ、馬車は馬車止めの方へと誘導されるらしい。

ルークのエスコートで馬車から降り、アメリは屋敷を見上げる。

まるでお城みたいに大きな屋敷だ。屋敷中の明かりが惜しみなくつけられていて、人のざわめきが中から聞こえてくる。

「ルーク・レッドメイン・ボーフォート大公とお連れ様の入場です」

大公の登場に、会場は一気にざわついた。当初ルークに向けられていた視線は、徐々にアメリに向かい、周囲にざわめきが起こった。

「お連れ様はどちらの……」

「さあ、見たことのない方ですわね」

値踏みするような視線に、アメリはすっかり萎縮してしまった。

「アメリ、怖気《おじけ》づくな」

「でも……」

やっとの思いで出した声は震える。足もがくがくしてきた。ルークの腕に掴まって、ようやく立っているような状態だ。

ルークは手を伸ばし、アメリの顎を上げて自分の方を向かせた。

「大丈夫。君がこの場で一番綺麗だ」

周囲に再びざわめきが起こる。

「な……なっ」

「胸を張れ。君は俺の隣に立つにふさわしい」

そんなはずはない。なのに、ルークにそう言われただけで、なぜだか顔を上げる勇気が出た。

多くの人と目が合う。その中でも、フェリシアが赤のドレスを着ていて、一番目立っていた。睨むように目を細めているので、もったいない。美人なのだから、笑った方が素敵だ。

「アメリ」

呼ばれてルークの方を向くと、彼はアメリを見守るように優しく微笑んでいた。

多くの人が、ルークに視線を向けている。その中で彼はアメリを見ている。

その事実が恥ずかしくもうれしくて、心音が馬鹿みたいにうるさい。
「俺についてこい」
まるで魔法にかけられたみたいに、足が前に一歩出た。
ルークが前を見ると、その先にいる人々が道を空ける。
ルークがいれば、誰になにを言われても、恐れることなんかないのかもしれない。
誰より強い彼が、アメリを守ると誓ってくれているのだから。
《アメリ、僕もいるよ》
フローの声にも勇気をもらい、アメリは息を大きく吸い込んで、口角を上げてみる。
すると、それまで勝ち誇った顔をしていた人たちが、たじろいだように見えた。
(なんだ、そっか。私が怯えているから、この人たちは強気でいられたんだ)
毅然と顔を上げれば、世界は先ほどとは違って見えた。
「さすがだな」
小さなささやきは、ルークの称賛だ。そのひと言がまた勇気をくれる。
(ああ、……やっぱり駄目だ。認めないわけにいかないみたい)
ルークが好きだ。彼に褒められるのが誇らしい。そんな思いが胸を締めつける。
「これはルーク様。ようこそいらっしゃいました」

前に立ちはだかったのは、主宰者であるテンバートン侯爵とその娘のフェリシアだ。

「テンバートン侯爵、招待、感謝する」

「とんでもない。おひとりでいらっしゃると思ったのに、今日はお連れ様がおられるのですね。ご紹介していただけますか？」

「ああ。こちらはアメリ・スレイド嬢だ」

「スレイド？　聞かない名ですな」

いぶかしがるテンバートン侯爵の脇で、フェリシアがわなわなと震えていた。

「あなた！　あの時のメイドじゃなくて？」

警戒したようにアメリを見ていたフェリシアは、その事実に気づくと、高らかに笑った。

「嫌だわ。ルーク様ったら、メイドをお相手に連れてくるなんて。なんのお遊び？」

周囲も一気にざわつく。しかし、ルークは悠然と笑うと、アメリの腰に手を回した。

「紹介するのは初めてだったな。彼女は俺の大切な人だ。そばから離したくないので、補佐もしてもらっているんだ。今後もよろしく頼む」

「なっ……」

フェリシアがびっくりしているが、それはアメリも同じだ。

「ちょ、ルーク様」

「本当のことだろう。俺にフローライトや精霊のことを教えてくれたのは君じゃないか。君は誰よりも価値がある。君を悪く言う者を、俺は決して許さない」

ルークはそう言うと、愛情いっぱいの瞳でアメリを見つめながら、周囲には軽く睨みを利かせて牽制《けんせい》している。

演技なのだろうが、まるで本当に愛されているみたいで、アメリは心臓がドキドキする。

真っ赤になって唇を噛みしめているフェリシアの横に、エルトンが現れた。

「あてられましたね、フェリシア様。ルーク様、ようこそお越しくださいました」

くすんだ肌に細いつり目。アメリは初めて見る人物だ。ネックレスからフローの動揺が感じられる。

エルトンはアメリに目を向けた。目が合った瞬間、ほんの少し既視感があった。

(あれ？　この人がベリト……？　どこかで見たことがあるような)

じっと見つめると、エルトンは満足そうに微笑む。

「アメリ嬢？　エルトン・カーヴェルと申します。細工物の商売を行っておりましてね。今は金を扱っております。あなたに似合いそうなアクセサリーも、たくさん揃えておりますよ」

営業トークに入るエルトンを制すように、ルークが間に入る。

「悪いな、カーヴェル卿。彼女を飾る宝石は、すべて俺が用意したい。営業はこっちに頼めるか？」

エルトンは目を一瞬見開き、にやりと微笑む。

「おやおや、ずいぶんとご執心なのですね。では、ペアのアクセサリーを今度ご紹介しますね」

「ああ。今日は多くの貴族とつながらなければならないのだろう？　俺のことはあまり気にしないでくれ。貴殿の今後の活躍を期待しているよ。……テンバートン侯爵、楽しませてもらうぞ」

そのまま、ルークはアメリを連れて、会場の奥へと向かった。テンバートン侯爵はさらに数人の客を迎えた後、おおよそ招待者が揃ったのかエルトンを連れてホールが見下ろせる階段の中ほどまで上がった。

「お集まりの皆様に、今日は優秀な商人をご紹介いたします」

高らかに、テンバートン侯爵の声が響き渡る。

「……ルーク様」

「あれがカーヴェル卿だ。本人いわく、鉱山で精霊の声が聞こえたそうだが」

「私、……なんだか彼に既視感があるのですけど……」

でも、どこであったかは思い出せない。考えているうちにエルトンの挨拶も終わり、テンバートン侯爵が挨拶を締めた。

「では、ダンスや食事をご自由にお楽しみください」

楽団の音楽が鳴り始める、最初はワルツだ。

「始まったか。最初に一曲踊っておこう」

「はい」

ルークに手を取られて、アメリはホールの中央へと向かう。

「適当に合わせてやるから動いてみろ」

「ええと、一、二、三、一、二……」

「うまいぞ。背筋を伸ばしていろ」

練習の成果か、ステップはうまくできている。ただ、足に集中しすぎて、つい下ばかり見てしまうのが問題だ。

「俺を見ていろ」

ルークの言葉に顔を上げる。途中、体の軸がぶれてよろけそうになったが、すぐルークの手が支えてくれた。

大丈夫だというように、優しい眼差《まなざ》しで微笑まれ、アメリも自然に笑顔になる。

「そうだ。周りなんて気にするな」

（ドキドキするようなこと、言わないでほしい。……勘違いしちゃう）

恋人同士のような会話がうれしくて、アメリの気持ちが加速してしまう。

「まあ、では、カーヴェル卿は精霊の声が聞こえるのですか？」

女性の高い声が響く。

アメリとルークは、踊りながら顔を見合わせた。

「精霊なのかはわかりません。ただ、声は聞こえました。鉱山の中でです」

エルトンを囲む集団がざわめいている。

アメリは気になって動きを止めてしまったが、ルークが強引に引っ張ってくれた。

「続けろ。下手でもいいから動いていろ」

耳もとでささやかれ、アメリは小さく頷く。

「『この鉱山からは金が出る』とね。半信半疑でテンバートン侯爵に頼み込んで掘ってみたら、本当に出た……という次第です」

「まるで聖女のようですね」

「もしや、カーヴェル卿は王家の血筋なのではありませんか？」

エルトンは口もとに笑みを浮かべたまま、その質問には答えなかった。

「……精霊は、この国の他の土地にもまだ金は眠っているとおっしゃっていました。私は、それらの発掘に力を貸したいと思っているのです」

「おお……では、私の領地にも来てもらえないだろうか」

「いや、こっちに来てくれ。手厚くもてなそう」

《ひどいでっちあげさ。僕にはわかる。あいつはベリトだよ》

フローの声がアメリとルークの頭の中に響いた。

《ベリトは、欲深い人間に儲け話を持ちかけて、契約して体の主導権を奪うんだ》

「じゃあ、今取り憑いているのがカーヴェル卿ってこと？」

《ベリトと契約できるのは、魔力のある人間だ。カーヴェル卿と名乗っているが、あれはおそらく、前王朝のドウェイン王子じゃないかな？》

ドウェインは、前公王の二番目の息子だ。

言われて、アメリは彼に感じた既視感の正体に気づく。

たしかに、ドウェインはあんな感じのつり目だった。体が弱く、あまり表立った場所には出なかったから、貴族議員たちは馴染《なじ》みがないかもしれないが、メイドとして城内を動き回っていたアメリは、何度か見かけたことがある。ただ、あの肌の色は明らかに違う。外に出ないから、青白かったはずだ。

「でも……王族は全員処刑されたんでしょう？」

「そのはずだ。後の禍根を絶つためと、小さな王子まで含めて全員……」

動揺のあまりか、ルークのステップがずれた。今度はアメリがリードするように彼の手を引く。

「もうすぐ曲も終わります。場所を変えて話しましょうか」

ちょうど、一曲目が終わるタイミングだ。ルークとアメリは周囲に向けて礼をする。

すぐさまフェリシアが駆けつけてくる。

「ルーク様、次はぜひ私と」

「すまないな。少し彼女を休ませようと思う」

あっさりと無下にされたフェリシアは、悔しそうにアメリを睨み、そっぽを向く。

（……フェリシア様。なんだか、かわいそうだな）

「行くぞ」

ルークはアメリの背中を押すようにして、バルコニーへと向かった。

バルコニーには、誰もいなかった。外はすでに日が落ち、夜空に星が舞っている。

「飲み物でもいるか？」

「いいえ。それより……カーヴェル卿の話です。彼は本当にドウェイン王子なのでしょうか」

「しかし、俺は全員が処刑されたのを見届けたぞ？」

過去を思い出したのか、ルークがつらそうに眉を寄せた。

《その時すでに、影武者だったんじゃないかな》

フローが会話に加わってくる。

《十年前、ベリトはバートランドに憑き、偽物の金を生成した。周囲の人間が群がるさまは、きっとベリトのいたずら心を満たしただろう》

しかしあの時は、精霊石に貯められた魔力をすぐに使いきってしまったため、作られた金はそう多くなかった。高位貴族たちは、ベリトの魔法で作られた偽物の金を、後生大事に自らの財産として保有し続けたのだ。

結果として、偽物の金が流通しなかったのは幸運だったが、当時のボーフォート公国はほかに特筆すべき産業もなく、衰退していくしかなかった。

《財産が目減りしていくこの国に、ベリトは興味を失ったのだと思う。おそらくそのあたりで、ベリトはターゲットを変えたんだ。この国を出るために、器として、あまり人に外見が知られていないドウェインが選ばれ――》

「おや、こんなところにおられたのですね」

朗らかな声がした瞬間、腰に手を回されて、引き寄せられた。

「お邪魔だったでしょうか」

グラスを両手に掲げたエルトンがそこにいた。

「お姿が見えないから捜しましたよ」

「カーヴェル卿、客の相手はいいのか？」

「一番もてなさなければならない方が会場にいらっしゃらなかったので、捜していたのですよ。よろしければいかがです？　テンバートン侯爵ご自慢のワインですよ」

ルークが盾になるように前に立ち、差し出されたグラスをひとつだけ受け取った。

「彼女は、お酒は苦手なんだ」

「おや、そうでしたか。でしたらアルコールの入っていないものを頼みましょうか」

「お気遣いありがとうございます。でも大丈夫です」

愛想笑いを浮かべたその時、光の球のフローから、小さな淡い光が抜け出てきた。

そして、それはふらふらと宙を舞いながら、エルトンの左手についた黒い指輪に吸い込まれていく。

エルトンは、満足そうに微笑んだ。

「……どうして？」

「おや、これが見えるのですか。ではフローのことも、あなた方は認識していらっしゃるのですね？」

フローの名前が出た途端、ルークは警戒を強め、アメリを背中にかばう。彼が持っていたグラスが、落ちて粉々に割れた。

「ふふふ。もしかして、フローが力を取り戻したのは君のおかげですかね。あなたはローズマリーの娘でしょう」

「……えっ？」

突然正体を言いあてられ、驚きと恐怖がアメリを襲った。

「お前……何者だ」

「自己紹介なら以前したでしょう。閣下。エルトン・カーヴェルですよ。そしてかつての名は……」

「ドウェイン・ボーフォート」

ルークとエルトンが同時に言う。

「……おやおや、それもわかっていたのですか。さすがですね、閣下」

「お前の目的はなんだ！」

エルトンはにやりと微笑み、舌を出して唇を舐《な》める。

「私は、人間の魔力と欲が好物でしてね。バートランド様は、欲にまみれたお方でとてもよかった。彼とは十年前に旅先で出会ったのですが、フローライトに代わる鉱石が欲しくないかと聞いたら飛びついてきましたよ。すぐに契約し、私は彼と共にこの国に来ました」

笑ったまま話していることがアメリには恐ろしく感じられる。

「彼の記憶から、ローズマリー姫が聖女だということがわかりました。ですから、会いに行ったのです。そうしたら精霊と精霊の力の塊――精霊石を持っているじゃありませんか。私はうれしくてね。すぐさま精霊石をいただきました」

エルトンは笑い、反応を確かめるように、アメリの方を見た。

「ローズマリー姫の抵抗など、羽虫が寄ってくるようなものでしたね。ちょっと突き飛ばしただけで、弱って死んでしまうなんて。あっけないものです」

アメリはカッとなって言い返す。

「人をひとり殺しておいて、なんてひどい言い草を」

「殺したとは心外な。勝手に死んだのですよ。私は彼女から精霊石を頂いただけ。抵抗するのが悪いのです」

蛇のような目は、むしろ楽しんでいるように感じる。

舌打ちと共に、ルークはアメリを抱く力を強める。

「精霊石は手に入りましたが、聖女を失った精霊は、それ以上精霊石に力を貯めることができず、やがて精霊自身も消えていく。……でも、まあ、そうなってしまったものは仕方ない。私は精霊石に残った力を使って、この国の鉱物を金へと変えました。人間たちは、それはもう群がって。おいしかったですね。彼らの欲は」

人をなんとも思っていないような発言に、気持ちが悪くなってくる。

「とはいえ、精霊石の力は使いきってしまったので、この国に用はなくなってしまった。私は王から離れることにしました。その時に、この体の主と出会ったのです。彼の望みは健康な体でしたからね。私が憑いている間は死ぬことがないのですから、持ちつ持たれつというところでしょう」

そうして、安定した財政と失った信用を取り戻すのに必死な王家を横目に、ベリトはドウェインの体を手に入れ、他国へと渡った。

「バートランドは、不在となった王子には影武者を立てたようですね。まあ、自身が悪魔と契約し、偽物の金をばらまいたなんて、言えるわけがないでしょうけど」

カーヴェル卿の口の端がつり上がる。人間とは思えない、ゆがんだ表情だ。

「そうしてフローライトの精霊石は、おもちゃ箱に入れていたんですがね。ふと、見てみたら、いつの間にか力を取り戻しているじゃありませんか。……うれしい誤算でした。まだまだこれで楽しめる。あなたのおかげですね。新しい聖女」

細くつり上がった目が、アメリをとらえる。

「さあ、聖女。いくらでもフローに力を与えてください。私はその力を吸い取って、さらに強い存在になれる。ほら！」

次の瞬間、アメリはうまく呼吸ができなくなった。

「……なっ……」

次に襲ってきたのは脱力感だ。体中の水分を搾り取られたような感覚がして、立っていられなくなる。

「フ、フロー」

《ごめ……、アメリ。僕の力も取られた》

かすれたフローの声。アメリは心配で手を伸ばすが、すぐに視界が真っ暗になる。

「アメリ！」

ルークの声が、だんだん遠くなっていく。

(……フローを助けるって言ったのに……)

悔しくて唇を噛みしめた。だけどそれも一瞬で、すぐに全身から力が抜けてしまった。

深い暗闇の中に、アメリはぽつんといた。

(ここは……どこ?)

まるで子供の頃にいた地下室みたいだ。暗くて寂しくて、不安になる。

(誰か……いないの?)

母か、マーサ。アメリが頼れるのはふたりだけ。

(ううん。違うわ。今は……あの人がいる)

「……ルーク様?」

「目が覚めたのか? アメリ」

視界いっぱいに、心配そうな表情のルークがいる。

どうやらアメリは眠っていたらしい。

「大丈夫か? 俺がわかるな?」

周囲を見回し、自分が知らない部屋のベッドで寝ていることがわかった。同時に、テンバートン侯爵の夜会で起きたことを思い出す。

「ルーク様、フローは」

「心配ない。ただ、疲れて眠っているようだ」

「そう、ですか」

ちらりと見るとベッドサイドテーブルにフローライトのネックレスが置かれている。フローの光は淡く消えてしまいそうに儚《はかな》い。アメリは心配で悲しくなってくる。目がしらに涙が浮かんだのを、ルークは見逃さなかった。節くれ立った固い指が、アメリの目がしらをそっとなぞる。

「泣くな」

「うっ……はい」

仰向けになって、息を吐く。どうやらどこかの家の客間らしい。

「ここは、どこですか?」

「俺の屋敷だ」

奥の方から声が聞こえて、ルークの背中越しに見やると、そこにはロバートがいた。

「城よりも近いから、とりあえずロバートの屋敷に連れてきた」

ジャイルズ伯爵邸は、テンバートン侯爵の屋敷からそれほど離れていないらしい。

「身重の奥様がいらっしゃるんじゃありませんでしたっけ。とんだご迷惑を」

「あら、いいのよ。気になさらなくて」

明るい声とともに、大きなお腹を抱えた女性が入ってきた。

「初めまして。私、ロバートの妻のマルヴィナ・ジャイルズですわ」

「奥様、初めまして。アメリ・スレイドと申します。突然の訪問で申し訳ありません」

「いいえ。ルーク様の焦る顔なんてなかなか見られるものじゃありませんもの。楽しませていただきましたわ」

「マルヴィナ！」

一瞬赤面したルークが、じろりとマルヴィナを睨む。

（気安そう……。そういえば、昔は婚約者だったんだっけ）

少しばかりチクリと胸は痛んだが、アメリは首を振ってその考えを追い出した。

「少し、アメリとふたりにさせてもらえるか？」

ルークがジャイルズ夫妻に向かって言う。

「ルーク様、お相手は未婚の女性です。変な噂を立てられるようなことはなさらないでね」

「わかっている。俺がそんなことをするはずはないだろう」

「そうかしら。今まで見たことのないような顔でお越しになるのですもの。ルーク様にとって特別な方なことくらいは私にもわかりますわよ」

からかうようにマルヴィナが言い、夫を伴って部屋から出ていく。

「……ったく」

ルークはガシガシと頭をかく。

アメリはどんな顔をしたらいいのかわからず、彼のことを、ただじっと見ていた。

「私、倒れてしまったんですね」

「ああ。今日は帯剣もしていないし、君を休ませる方が先だと思って、あの後すぐに抜けてきたんだ」

「カーヴェル卿は……」

「俺とやり合う気はないらしい。特に追ってはこなかった」

「ルーク様には見えましたか？　フローの力が、カーヴェル卿の指輪に吸い込まれていくのを」

「ああ。黒い指輪にな。やはりあれが精霊石なんだな」

ルークは深いため息をつくと、アメリの前髪を手ですくった。

「フローは急に力を吸われ、とっさに君からも魔力を吸ってしまったのだろう」

「そうだと思います。ルーク様も吸われたんじゃないですか？　大丈夫でした？」

「俺は大丈夫だ。あの時はフローに触れていなかったから」

「よかった」

　ほっとしてそう言うと、ルークは渋い顔をする。

「……君は人の心配ばかりだな。人の気も知らないで。君が倒れて、俺がどれほど動揺したと思っているんだ？」

　真剣な表情だ。アメリはドキドキしてしまう。

「頼むから、自分を大事にしてくれ」

　ルークは怪我などしてないはずなのに、なぜだか痛そうな顔をしている。

「私、大丈夫ですよ。ほら」

「大丈夫な奴は倒れないんだよ。もう君はベリトにかかわらずにいろ……と言いたいところだが……」

「嫌ですよ」

　かぶせるように反論すると、彼は苦笑した。

「……そう言うと思ったよ」

「フローとルーク様を私も守りたいんです」

ルークは少しだけ微笑み、首を振った。

「君にそんな負担はかけられない。母親を奪ったこの国を、恨んでいるんだろう?」

あまりに真剣な表情に、アメリは思わず笑ってしまう。

「この国が好きかと言われればわかりません。だけど、フローのことは好きですし、ルーク様の力になりたいとも思っています。大好きなふたりが国を守ろうとしているのですから、私も共に守りたいんです」

アメリの目には、ルークが少し泣きそうに見えて、元気づけたくて手を握った。

「俺も、この国を守りたい理由が増えた。これまでは、いつか誰かに国を受け継ぐ時に、できるだけいい国にしておきたいと思っていただけだった。だが今は……」

「今は?」

「君とフローが幸せそうに笑える国にしたい。君が、この国を好きになれるように」

ルークの視線がどこか熱っぽい。アメリの胸は高鳴って、呼吸するのが苦しい。

「アメリ……、俺は、君を……」

ルークの瞳に吸い込まれてしまいそうで、彼の顔が近づいてくるのを、アメリはぼうっと見ていた。しかし鼻先が触れる直前、ノックの音がした。

「ルーク様、病み上がりのご令嬢をあまり長く付き合わせるのはよくありませんわ」

マルヴィナの声だ。慌てて体を離したが、ドキドキだけは止まらない。

「ああ。わかっている」

ルークはすぐ返事をすると、外套を着込んだ。

「アメリは、ここに泊めてもらうといい」

「え？　私も帰ります」

「無理はするな。明日、ロバートと一緒に戻ってくればいい」

「でも……」

なんとなく、ルークと離れたくなかった。不安だし、心配でもある。

「もしルーク様になにかあったら……」

「俺は大丈夫だ。魔力量は人一倍あるし、剣で戦ったなら、あんななまった体つきの奴に負けるとは思えないからな」

口もとに笑みをたたえながら、ルークは言う。だけど、アメリの胸はモヤモヤしたままだ。離れることが心細い。

（……いや、違うかも。これは寂しいのかも）

そう思って、なんだか胸がきゅっと苦しくなる。『そばにいてほしい』という言葉が、喉のあたりまで出かかった。

「……アメリ、教えてほしいことがあるんだが」

「なんですか？」

「本当の名前はなんて言うんだ？」

一瞬意味がわからなかったが、やがてルークの求めているのが、ローズマリーの娘としてつけられた名前だと気づいた。

「アンリエッタです。アンリエッタ・ボーフォート。この名前で呼ばれることは母とマーサさんからしかなかったですけど」

「そうか」

ルークの口もとがちょっと緩んだ。そして、少し熱のこもった声でその名を呼ぶ。

「アンリエッタ」

「はい？」

「……アンリエッタ」

繰り返し名前を呼ばれ、アメリはたじろいだ。わずかな沈黙に、言葉にならない感情が込められている気がして、心臓が高鳴ってくる。

「えっと……あの」

「……いい名前だな」

アメリは顔が火照るのを感じる。なんだかやり取りがおかしい。変に甘ったるくて、気恥ずかしくなる。

「さっき俺の力になりたいと言ったな」

「え？　ええ。もちろん。ルーク様は、我が国の大事な大公様……」

次の瞬間、頬に小さなぬくもりを感じた。

「……え？」

唇が、ゆっくり離れていく。その感触の上から手をあて、アメリは今起きたことを反芻《はんすう》した。

（嘘でしょ。ルーク様が今、私の頬に）

「よし、力をもらった。……また明日な」

「………………はぁ」

頭が真っ白だ。今なにが起こったのか。どういうことなのか。

ルークが出ていった頃、ようやく声が出せた。

「……キスなんて、反則じゃないですか……」

『あなたを助けられるなら』

目覚めた時、アメリは見慣れない部屋に驚き、飛び起きた。

「そうだ。ジャイルズ伯爵のお屋敷だった」

周囲をきょろきょろと見回し、「フロー、いないの？」と声をかける。しかしフローは現れない。

よく見れば、昨日はベッドサイドテーブルの上にあったはずのフローライトのネックレスもなくなっていた。

（ルーク様が持って帰ったのかしら）

時計を見ればまだ朝の五時半だ。誰かを呼ぼうにも早すぎるかと悩んでいると、扉がほんの少し開いているのに気づいた。

「しー。駄目だよ。母様に怒られる」

「でも、きになるもん」

子供の声がする。近づくと、気づいたのか「わっ、わっ」と言いながら逃げようとしていた。

「見ーつけた！」

おどけて言いながら扉を開けると、そこには尻もちをついた女の子と、その子を起こそうと奮闘している男の子がいた。

「おねえちゃんがおきゃくさま？」

くりっとした目がかわいらしい女の子だ。好奇心いっぱいに目を輝かせ、アメリを見上げてくる。男の子の方がお兄さんのようで、かしこまった様子で頭を下げた。

「ごめんなさい。起こしてしまって。僕、ノアと言います」

「わたし、リサ！」

「私はアメリよ。おはようございます。……ジャイルズ伯爵のお子さんかしら」

「うん！」

リサが元気よく答えたと同時に「こらっ」とかわいらしい声が聞こえてきた。

「リサ、ノア、あなたたちなにをしているの！」

「母様！」

「おきゃくさまにごあいさつだもん」

しまったという顔をしたノアに対し、リサは果敢に母親に向かっていった。

「おはようございます、ジャイルズ夫人。こんな格好ですみません」

「ごめんなさいね、アメリさん。朝から子供たちが失礼を」

「いいえ。こちらこそ、ご迷惑をおかけしました」

「いいのよ。私、ロバートから聞いて、ずっとあなたに会ってみたかったの。着替えたら朝食をご一緒にいかがかしら」

「はい、ぜひ」

「リサはぁ？」

「子供たちは子供部屋でよ」

リサは夫人に抱っこをせがむが、お腹が大きいため断られていた。ノアがリサと手をつないで、「我慢しなよ」と言っている。仲のいい兄妹だ。

ジャイルズ伯爵家は、ロバートの出勤に合わせて、朝が早いらしい。使用人たちもすでに動きだしていて、アメリが起きていることに気づいて、着替えを準備してきてくれた。

着替えた後は朝食の席まで向かう。アメリの方が先に着いてしまい、言われるがまま座っていると、ロバートが夫人をエスコートしながら入ってきた。

大きな体に似合わない小さな歩幅でマルヴィナを気遣っている。他のことなど気にもならないのか、顔の向きが彼女の方向で固定されていた。

（愛妻家だと思ってはいたけど。これは想像以上ね）

夫人が席に着くまで、結局彼の視線はマルヴィナから動かなかった。彼女を着席させて、ようやくアメリに向き直る。

「やあ、アメリ、おはよう」

「ジャイルズ伯爵様、このたびは……」

「いやいや、詫びとか礼は一度で結構。最近、ルーク様のことをお任せできるようになって、俺もアメリに礼を言いたいくらいだったんだ。気にするな」

たしかに、最近のルークは、ロバートをさっさと帰してしまっていて、夕食の時にはふたりきりの方が多かった。

「昨日は大変だったようだな」

「はい……ルーク様はどこまで話されましたか？」

ロバートに対して、どこまで明かすことが許されているのかわからない以上、下手な話はできない。そう思って聞いたが、なぜかマルヴィナが目を輝かせてきた。

「まあ、アメリ様は冷静なのね。そんなところもルーク様が好きそう」

「こらこら、マルヴィナ。そうだな。閣下はカーヴェル卿から挨拶を受けたことは話してくれたぞ。その後、君が倒れた……とな」

であれば、まだ聖女の話も伝えていないのだろう。細かいことはルーク様の判断を仰いでから
「私から言えるのもそのくらいですね。

じゃないと」

「じゃあ別の話を聞こう。ダンスはどうだった」

「どうってべつに普通ですよ？　一曲踊っただけで」

「まあ。いつもは理由をつけて逃げるくせに。やはりルーク様はアメリ様に気がある
のではありませんの？」

途端に、ジャイルズ夫妻の目がらんらんとしてきた。どうやらマルヴィナの方も相
当の恋愛脳らしい。

　このふたりの勢いにのまれてはならない。アメリは毅然と言い返す。

「勘違いしないでくださいね。ルーク様が私をパートナーにしたのは、他に相手がい
ないからで……」

「言いそう。そういうこと。そんなの嘘よ」

「閣下ももう少し素直になればいいのになぁ」

（……素直）

　不意に、アメリは昨日の別れ際、頬にキスをされたことを思い出した。

いったいあれはどういうつもりだったのか。

（雰囲気にのまれて？　気の迷い？）

もしルークが他の人にも、同じようなキスをしたら。そう考えただけで、胸が苦しくなる。

「……私なんて、あり得ないんです。ルーク様は大公様ですよ。ふさわしい人が他にいます」

アメリが叫ぶように言うと、マルヴィナはやわらかく微笑んだ。

「ルーク様が、そうおっしゃったの？」

「え？」

「アメリ様なんてあり得ないって」

「……いいえ」

それは違う。思い返せばルークは、アメリを平民だからと蔑んだことなどなかった。掃除の腕前を褒めてくれた。入れたお茶もおいしいと言ってくれた。アメリが頑張ったことに、いつだって肯定で答えてくれていた。

アメリはそれが、うれしかったのだ。

なんだか泣きたくなってしまってうつむくと、マルヴィナが優しい声を出した。

「恋愛感情はありませんでしたけど、私、ルーク様のことは信頼していますの。彼は、嘘はつきませんわ。だから、彼の言葉は信じてあげてくださいませ」

マルヴィナが花のように笑う。天真爛漫だけれど聡明そうな眼差し、完璧な貴族令嬢である彼女に、ルークは恋をしなかったのだろうか。

(あれ、なんか胸が痛いな)

マルヴィナがかわいいと感じるたびに、胸の奥がきゅっとなって苦しい。

こんなに素敵な人が婚約者で、恋をしないはずがない。彼はきっと、マルヴィナがロバートに恋をしたから、自ら身を引いたのだろう。

(ルーク様は自分を犠牲にしてでも、マルヴィナ様の幸せを選んだんだ。でも私は……)

アメリはまだ、聖女だと明かす勇気がない。

聖女と公表されてしまったら、周囲のアメリを見る目は一気に変わるだろうし、民の期待を一手に背負わなければいけなくなる。

彼を支えたいなら、共に歩みたいなら、それは避けられないのに。

(支えたいなんて思っているくせに、聖女として生きる決心はつかない)

自分がとても卑怯な気がして、アメリは胸が苦しくなった。

＊

昨晩遅く帰ったにもかかわらず、ルークは早朝の鍛錬を欠かさない。まだ人がいない鍛錬所で、一心に木刀を振る。

「はっ」

振り下ろした木刀は、わずかに炎をまとっている。

ルークはレッドメイン王国で一番魔力が多いと言われている。しかしその性質が攻撃特化であるゆえに、国を治める者に必要な結界魔法が習得できなかった。

『まあルークは三男だから』

両親もあっさりとそう断じ、ルークを早々に後継者から外した。

幼少期からの婚約者だったマルヴィナも、ルークに好意を抱いていなかった。そんな中、ルークは〝自分の役割とはなにか？〟と常に意識し続けてきた。

＊＊＊

十六歳のルークは、学園の同級生で婚約者でもあるマルヴィナと過ごす時間が多かった。

マルヴィナはよくも悪くも利己的な人間だ。自分の主張がはっきりしていて、ある意味でわかりやすい。

なにを考えているのかわからない令嬢よりはずっと好感が持てたし、彼女と義務的に結婚することに、特に不満も感じていなかった。

しかし、マルヴィナは、ルークの側近のロバートにひと目惚れしたのだ。

「ごきげんよう。ロバート様」

「これはマルヴィナ様。殿下はこちらにおられますよ」

「ロバート様もご一緒してくださいませ。ルーク様は騎士団に入られたのでしょう？ロバート様から見ていかがですか？」

ルークを餌に、しっかりロバートとの時間を取っていくマルヴィナの手腕に感心しつつも、ロバートが、たとえ好意があったとしても主君の婚約者を奪うような人間でないことも知っていた。

それはマルヴィナも同じだったのだろう
「ルーク様、ひとつ取引をいたしません？」

「なんだ？」

「私、文献で読みましたの。かつて剣に魔法をまとわせて戦った剣士がいたそうですわ。ルーク様の魔力は攻撃特化と聞きますし、このやり方で上手に魔力を扱えるのではありませんか?」

ルークは、マルヴィナの手から見たことのない古文書を奪い取った。そこには魔法剣と呼ばれた魔法を帯びた剣を操るかつての王族の話が書いてある。

「たしかに……」

「この情報の代わりに、私を助けてはくださらないかしら」

マルヴィナは暗に、婚約破棄を迫ってくる。

「先に内容を聞かせておいて、取引もなにもないだろう」

「あなたが断らないと思ったから先にお教えしたのですわ。メリットを示さなければ、話に興味も持たないじゃありませんか」

よくも悪くも自分のことを理解している幼馴染みに、ルークは笑ってしまった。

「……いいだろう。その話、乗った」

そうして、ルークは婚約破棄を言い渡した。

ロバートはルークを責め、マルヴィナを慰めに行く。後はマルヴィナがうまくやるはずだ。彼女は欲しいものを諦めるような女ではないのだから。

しばらくするとマルヴィナとロバートの婚約が調った。

その頃には、ロバートは自分のためにルークが婚約破棄したことに気づいていて、ルークに平謝りしたが、マルヴィナは飄々《ひょうひょう》と笑っていた。

この時に知った魔法剣というものが、ルークのことも救ってくれた。ようやく、多すぎる魔力を自由に操れるようになったのだ。

＊　＊　＊

（あの時魔法剣を習得したことが、結果的にボーフォート公国を治めることにつながったのだから、不思議なものだ）

きっとそれが自分に課せられた役割だったのだ。

アメリと出会ったことも、精霊に力を分け与えることができたのも、そう。

きっとルークは、ボーフォート公国を救うために生きてきたのだ。

「精霊が見える商人がいるらしいぞ」

不意にそんな声が聞こえ、声の方角を見ると、薪《まき》を抱えた使用人がふたり、肩を寄せ合って話している。

「まさか、聖女が現れたのか？」

「でも男だって話だ」

使用人たちにまで、そんな噂が広がっているのか、とルークは驚く。

あることとないこと騒ぎ立てるのはよくあることだが、今回はタイミングが悪い。

「……国の復興に力を入れているタイミングで、金のありかを言いあてた精霊の声が聞こえる男」

それだけで、飢えた民がすがるには、十分だ。

（民がカーヴェル卿を望んだら……厄介だな）

本当の聖女はアメリだが、彼女が公表するのを嫌がっている以上、表に出すわけにはいかない。

エルトンが、自分が聖女の器だと言い張った時、それを覆すためにルークは、〝エルトンが聖女ではない証拠〟を出さなければならない。

（……俺にできるか？　でもやるしかない）

アメリを守ると約束したのだ。彼女がこれ以上誰にも傷つけられないよう、ルークはどんなことでもするつもりだ。

誰かを守るには、力がいる。そしてルークが持ち得る力は、この魔力と剣術だ。

後悔しないためには、強くなるしかない。だからルークは、剣を振り続けるのだ。

*

アメリはロバートと共に城に戻った。

馬車止めで降ろしてもらい、自室に戻る途中で、駆けつけてきたマーサと出会った。

「アメリ、大丈夫だったの？　倒れたって聞いたわ」

昨晩帰らなかったので、心配してくれたのだろう。

「心配かけてすみません。でも、ジャイルズ伯爵のお屋敷でゆっくり休ませてもらったから大丈夫です。慣れない場所にいた緊張と疲れがたまっていたのだと思います」

マーサは、じっとアメリの顔を見ると、苛立たしげに足を踏んだ。

「ルーク様に苦情を言ってこようかしら」

「ひえっ、どうして」

「そもそも、メイドを夜会のパートナーにするなんてやりすぎよ」

それはそうだ。アメリもそこは文句を言いたいと思っていた。でも……。

「他の人がパートナーになったら、嫌だったかもしれないです」

ぽそりと本音を言ったら、マーサがぽかんとしている。

「アメリ、あなたまさか」

「……困りました。どうしよう、マーサさん。私、ルーク様のこと……」

——好き。

そう口に出す前に、たたみかけるようにマーサが言った。

「アメリ、相手は一国の王よ。……もちろん、本来のあなたはそれに見合う身分があるわ。でも、私はあなたに、平民として穏やかに生きてほしいと思っている」

マーサがアメリの手を握った。伝わるぬくもりに、アメリの記憶が刺激される。小さな頃、外に出る時は必ずマーサと手をつないだ。この手を放されることなど、想像もしなかった。そのくらい、マーサは献身的にアメリを守ってくれていたのだ。

「ローズマリー様のように、翼をもがれて閉じ込められるようなことに、なってほしくないの」

アメリには、マーサの気持ちも理解できた。この必死さはマーサの愛情の表れだ。

そして今はまだ、アメリはそれを振りきるほどの情熱を持っていない。

「うん。……そうですよね」

あいまいに濁して、笑ってみせる。

「私は、メイドだもの」

「……アメリ」

ふたりの間に、しばしの沈黙が訪れる。

「私、仕事に行きます」

先に顔を上げたのはアメリの方だ。持て余したままの自分の気持ちを、これ以上考えたくなくて、仕事に逃げようとしたのだ。


アメリは自室に戻り、眠っているのか反応のないぬいぐるみを横目にメイド服に着替え、ルークの私室に向かった。ルークはいつものように濡れ髪のガウン姿だ。アメリを見ると驚いたような顔をしていたが、間髪容《い》れずにアメリの方が質問攻めにする。

「もしかして、また鍛錬ですか？　昨日の今日なのに？　大丈夫なのですか？」

「それはこっちのセリフだ。アメリこそこんなに早く復帰して大丈夫なのか」

「私はぐっすり寝たので大丈夫です」

憮然《ぶぜん》として言ったら、頬を掴まれた。

「なっ……」

「顔色はよくない。今日はこれで終わりにして休んでいろ。命令だ」

「今来たばっかりですよ！」

「まあまあ、ふたりとも落ち着いて。ルーク様は、朝食をお召し上がりください」

ロバートが生暖かい目で見ながら、仲裁に入る。

「今日も議会があるのでしたよね」

「ああ。昨日の今日で、古参貴族の反応が気になる。俺たちが帰った後、カーヴェル卿がどの程度信望者をつくったか、とかな」

「……彼が、聖女と呼ばれるのでしょうか」

男性だからその呼ばれ方には違和感があるが、精霊の声が聞こえると公言している以上は他に言いようがないとアメリは思った。

「そうかもな。まあ、君は気にすることはない。俺がなんとかする」

「なんとかって？」

ルークは答えないまま、ただアメリの髪をくしゃくしゃと撫で、「いいからフローのためにも休んでいろ」と言い、アメリは部屋を追い出されたのだった。

＊

大会議場に到着した時、ルークは貴族議員たちの胸もとに、同じような金のブローチがつけられているのに気づいた。

「あれは皆、揃いなのか？」

「ええ。昨晩カーヴェル卿よりいただいたのです。お近づきのしるしだと。ルーク様は……途中でお帰りになったのでしたね」

昨晩夜会にいた伯爵に尋ねると、そんな返事があった。

（昨日……あの後？）

エルトンは、精霊石を使って思いきりフローの力を吸い上げていた。

（まさか、それを使って変化の魔法を……？）

「皆様！」

突然、テンバートン侯爵が大きな声を上げた。

「昨晩は夜会にお越しいただきありがとうございます。今後とも、エルトン・カーヴェル卿へのご支援をよろしく賜りたい」

席に着いている議員たちから拍手が沸き上がる。

「皆、静かに。ここは議場だ。テンバートン侯爵、関係ない話は……」

ルークが止めに入ったが、逆に周囲を囲まれてしまう。

「閣下。カーヴェル卿は精霊の声を聞くことのできる希少な方ですよ」

「そうです。今この国に必要なのは、あの方ではありませんか」

「カーヴェル卿が金をたくさん見つけてくだされば、我々の懐は潤い、この国もまた繁栄するというものです」

妙な熱量だ。口を挟む隙もない。

「皆様、ありがとうございます」

その時、入り口の扉が開き、噂の人物であるエルトンが入ってきた。

「ルーク様。昨日は早くお帰りになられて、とても残念でした」

彼の声に、周囲の貴族議員が声を上げる。

「ルーク様は、カーヴェル卿に失礼にも、来て早々にお帰りになられた」

「王族を全員殺害した方だ。カーヴェル卿のこともきっと気に入らないのだろう」

「しかし彼を殺させるわけにはいかない。ようやく現れた聖女なのだから」

「そうだ。むしろ必要がないのは、ルーク閣下の方じゃないか？」

ルークが口を開く前に、彼らは勝手に邪推し、糾弾してくる。

(前から俺に不満があったとしても、この糾弾はあまりに突然すぎる。すでに正気ではないのか……？)

妙な熱気に違和感がある。

「皆、落ち着いてくれ。ロバート、部外者は外に」

「はっ」

ロバートがエルトンのもとへ向かおうとすると、数人の貴族議員が両腕を掴んで止めようとする。

「こらっ、離しなさい」

「行かせないぞ、カーヴェル卿を守るんだ」

彼らの眼差しはすでに普通ではなかった。

ルークは焦りつつも、議場にいる人々を観察する。興奮する議員たちの中に、時折戸惑っているだけの議員もいる。彼らの服にはブローチがついていない。

(洗脳？　ブローチでか？)

「ロバート、下がれ。どうやら奴らは正気ではない」

「しかしっ……」

ルークは周囲を取り囲んでいた貴族議員を突き飛ばし、ロバートのそばまで駆け寄った。背中合わせに立ち、小声で指示を出す。

「俺の剣を取ってきてくれ」

「執務室に置いてあるのでよろしいですか」

「ああ。それまでは俺がここを抑えておく」

ルークはそう言うと、議員たちを誘導するべく、反対側に走った。

「逃げたぞ。追え」

テンバートン侯爵が言い、他の貴族議員が追う。ルークは議席を盾にしながら議場を走り回った。

「やれやれ。王ともあろう方が無様に逃げ回るとは。やはりルーク様には、王の資質がないかもしれませんね。皆様」

いやらしい微笑みをエルトンが浮かべた。

「そうだ。王には、聖女の器であるカーヴェル卿こそがふさわしい！」

騒ぎだす議員たちの後ろを、ロバートが抜け出すのを確認し、ルークはほっと息をついた。

＊

ルークの命令に従い、アメリは一度部屋に戻った。これ以上意地を張って仕事をしても、ルークに怒られるだけだろう。
アメリに気づいて、フローがぬいぐるみごと浮き上がって近づいてきた。
《アメリ、大丈夫？ 昨日はごめん。君から魔力をたくさん奪ってしまった》
「もう平気よ。フローこそ大丈夫？ ずいぶん力を取られちゃったんでしょう？」
《なんとか？ ルークが昨日のうちにぬいぐるみに戻してくれたから助かった》
やっぱりそうだったのだ。アメリはルークの機転に感謝した。
「精霊石、指輪にされていたわね」
《うん。手につけられているから、奪うのは難しい。僕らが精霊石に触れる前に、昨日みたいに先に僕の力が吸い上げられちゃう》
「そうね。一瞬で力を根こそぎ取られてしまったもの」
《だから、あの状態のままで壊すことを考えなきゃ》
フローとアメリはふたりで考え込む。
「精霊石は、フローライトなのよね？」
《うん。基本の性質は変わっていないはずだよ》
「……だとしたら、こういうのはどう？――」
アメリの言葉に、ぬいぐるみの耳がうれしそうにパタパタする。

《試してみる価値がありそうだ》

「だよね。ルーク様にも伝えに行きましょう。議会が終わったら執務室に来るはずだから、待っていればいいわ」

ついでに本でも読ませてもらおう。カールが留守番で、いつも部屋にいるはずだから、入れてもらえないということはないはずだ。

ぬいぐるみをポケットに入れ、アメリは部屋を出た。

廊下を歩いていると、慌てて執務室から出てくるロバートの姿が見えた。手にはなぜかルークの剣を持っている。

「ジャイルズ伯爵様？　なぜ剣を？」

「アメリ？　いや、その。……急いでいるからまたな」

「待ってください！　ルーク様になにかあったんですか？」

隠し事が下手なロバートらしく、顔が引きつっている。なにかがあったのは明白だ。

「悪いな。急いでいるんだ」

走りだしたロバートの後をアメリは追った。

「危ないからついてくるな」

「嫌です。ルーク様に危険が迫っているなら、助けたいもの」

「君になにかあった方が、閣下は傷つくだろ?」

言い合いをしているうちに議場に着いた。アメリは初めて入る場所だ。

ホールかと思うくらい広く、形はなだらかなすり鉢状だ。座席が階段状に並んでいて、発言席が一番下にある。

「ルーク様!」

その発言席のあたりで、ルークが大勢の貴族議員に腕を押さえつけられている。

異国風の服装をしたエルトンが、微笑んだままルークに詰め寄っていた。

「さあ、皆さんはどう思われますか? ルーク殿と聖女の器である私、どちらがこの国の王にふさわしいですか?」

「もちろん、カーヴェル卿だ」

「そうだ! そうだ!」

騒ぐ貴族議員に、ロバートはあきれた様子だ。

「なにを言っているんだ、あいつら」

「ジャイルズ伯爵様。私が彼らを引きつけます。だから、早くルーク様の所に行って、その剣を渡してください」

ロバートの背中を押し、アメリは人々の気を引くために、大声を出した。

「やめなさい！ カーヴェル卿は聖女ではありません！」

「なんだと？ なんだ？ あの小娘は」

不快そうに眉をひそめた貴族が、アメリを睨み、近づいてくる。

「アメリ！ 逃げろ！」

ルークが叫んだが、アメリはルークを助けるために来たのだ。こんなところでひるんでなどいられない。

メイドの姿では、貴族はアメリの話を聞いてくれない。こちらに意識を引きつけるには、思いきり予想外なことを言わないと。

ルークの危機を前にして、アメリは自分でも驚くほど迷いが吹っ切れた。彼を失うくらいなら、自分が聖女だと公表することなどなんでもない。

（……マーサさん、ごめんなさい）

平民として穏やかに生きてほしいと願ってくれたけれど、きっと叶《かな》えられない。

（ルーク様を助けられるなら、それでもいいの……！）

「聖女は私よ。精霊の声が聞こえるもの」

腹から出した大きな声は、この場の皆の耳に届いた。途端に、周りがざわめきだす。

「そんなはずはない。カーヴェル卿が聖女だ」

「違うわ。私が正真正銘の聖女よ。……王妹ローズマリーの娘だもの」

アメリは結い上げていた髪を下ろした。銀青色の髪が、ふわりと広がる。

母を知る古参貴族は、アメリの髪を見て一瞬たじろいだ。

（でもこれだけじゃ、足りない）

「フロー、お願い。力を貸して！」

《わかった》

議場の壁に、装飾として嵌め込まれたフローライトがパチパチとはじけるような音を立てる。

「フローライトが」

「まさか、フローライトの精霊が？」

若手貴族も騒ぎだす。

「アメリ！　どうして……」

ルークが叫んだ。早く彼に駆け寄って、大丈夫なのだと言ってあげたかった。

ルークを救うためなら、聖女だと公表してかぶる面倒も、受け入れる覚悟があるのだと。

「この国の王は、ルーク様よ。聖女の名に懸けて、証明するわ！」

いつの間にかその場のほとんどの人間の視線が、アメリに向けられていた。

アメリはごくりと生唾を飲み込む。

怖いけれどこれでいい。こうやって皆の意識を自分に引きつければ、ロバートが、ルークに剣を渡す隙ができる。

貴族たちの手が緩んだ一瞬を逃さず、ルークは拘束から抜け出した。

「ロバート！　剣を寄こせ！」

「はっ」

阿吽《あうん》の呼吸で、ロバートが剣を投げ、飛び上がりながらルークが受け取る。

「聖女の名をかたる不届き者です。皆さん、捕らえてください」

焦ったように、エルトンが叫ぶ。その声を聞き、アメリを捕まえんと議員たちが駆け上がってきた。

「どけっ、アメリに触れるな！」

ルークが素早い身のこなしで突進してきたが、貴族議員たちが盾になるように立ちはだかるため、身動きが取れなくなる。その間にアメリは別の貴族議員に両腕を掴まれてしまった。

「いいですよ。そのまま偽聖女を捕らえておいてください」

エルトンが、悠々とアメリに近づいてくる。

「まったく余計なことをしてくれたものですね。なにもしなければ、あなたのような羽虫など放っておいたのに」

「誰が羽虫よ、失礼ね」

エルトンはつり上がった細目をさらに細めて、アメリからぬいぐるみを奪った。

「ここに精霊がいるのですね」

彼が手に持った途端、白いぬいぐるみが黒に変色していく。

《うわっ》

光の球となったフローが勢いよく宙に浮き上がる。アメリは咄嗟に両手でフローを包み込んだ。

「まさかこのぬいぐるみが、結界の役割をしていようとは。……しかし、これでもうその効果もなくなりました。あとは、あなたがいなくなれば、いずれフローは消えてしまいますね」

エルトンの指輪に、魔力が吸い取られていく。フローの光は弱くなり、彼に魔力を供給しているアメリも立っていられなくなって膝をついた。

「さようなら、偽聖女」

「やめろ！」

ルークが貴族議員たちを剣の柄《つか》を使って気絶させ、ようやくエルトンとアメリのもとへ追いついた。そしてすぐに、アメリの手から優しくフローをすくい上げた。

《ルーク！》

「フロー、しっかりしろ。アメリを守るんだろ！」

ルークの手のひらの上で、フローの光は輝きを取り戻していく。

「なっ？　まさか、お前も？」

「そう。貴様が言うところの聖女だ。残念だったな。俺がいる限り、フローは消えることなどない」

「ふん。それなら、お前の魔力が尽きるまで吸い上げればいいだけの話だ！」

エルトンが左手を上げ、黒い指輪を中心に、靄《もや》が立ち始める。

アメリは消えそうな意識の中、必死に叫んだ。

「ルーク様！　その指輪に炎を」

「炎？」

戸惑いつつも、ルークは剣に魔力を込める。

鈍色《にびいろ》の刀身に、赤い靄がかかったかと思うと、やがて剣は炎を帯びた。

「そうはさせるか」

エルトンがさらにフローから魔力を奪い、彼の光がどんどん弱くなっていく。

「俺の魔力を吸え、フロー」

「でも……」

「大丈夫だ。俺の魔力の多さは知っているだろ」

「ごめん、ルーク……！」

フローに一気に魔力を吸われたからか、剣に宿った炎が弱まった。

その状態で、ルークはエルトンめがけて剣を振るったが、動きが遅かったせいかあっさりよけられてしまった。

エルトンはうれしそうにつり目を細めて笑う。

「ふふ、魔力を吸われて苦しいですか？　敵なしと言われた剣士の無様な姿は、見ていて楽しいものですね」

「はっ、性格が悪い男だな」

ルークは鼻で笑うと、再び剣を構えようとした。……が、苦しそうに肩で息をすると、やがて膝をついた。

「ふふ、強がったところで、その程度ですか」

エルトンはゆがんだ笑みを浮かべ、ルークに近づき、満足げに見下ろした。

——その時だ。

エルトンの喉もとに、剣先が突きつけられる。

「なっ」

「油断は大敵だ。お前みたいな性格の悪い奴は覚えておいた方がいいぞ」

剣は再び魔法の炎をまとい、エルトンは一気に飛びのいた。

「まだそんなに魔力が？……だましたのか？」

「あいにく俺の魔力量はレッドメイン王国一だ。甘く見た自分を恨むんだな」

ルークはその剣をまっすぐにエルトンめがけて振り下ろした。

「ひっ」

彼が自らをかばおうと掲げた手の中央、ちょうど指輪の宝石部分に、剣がぶつかる。

すると、大きな音とともに、宝石は発光した。その光は部屋全体を覆い、視界が一瞬真っ白になる。数秒の後、光は収まり、徐々に視界が戻ってくる。

そこでアメリが見たのは、へたり込んだエルトンと、足もとに落ちた、ふたつに割れた宝石だ。

「指輪が、……割れた？」

フローライトの持つ性質に、加熱するとはじけ、強い発光を示すというものがある。

割れた宝石は、先ほどまでのような黒い色ではなく、透明なフローライト――精霊石に戻っていた。

《さあ。これでもう僕の力が奪われることはない。正体を現せ、ベリト！》

フローの声とともに、その精霊石が光った。

「う、うわああああああ」

エルトンは頭を押さえて叫んだ。彼の姿が見る見るうちに変わっていく。くすんだ肌は蒼白《そうはく》ともいえるほど白くなり、金だった髪は鈍色へと変わった。

周囲にいた貴族議員たちは、正気に返ったように目を見開く。

「先ほどまでの姿とは別人だ。いったい……」

彼は地面に倒れ込み、うめき声をあげている。

「……まさか、王子殿下？」

古参貴族のひとりが、彼を怪訝そうに見つめた。そう。そこにいたのは、ドウェインの面影を残した青年だったのだ。そして、黒い靄が彼の中から湧き上がる。

「……あれが、ベリト？」

気がつけば、フローの姿は少年のものとなっていた。

《これでもう、ベリトがかけた魔法はすべて解けたと思う》

我に返った貴族議員たちは、自分の胸もとを見て騒ぎだした。

「ああっ、私の金がっ」

胸についていた金のブローチが、すべて鈍色へと変わっていたのだ。

「カーヴェル卿は王子だったのか？　いったいなにが起こっているのだ。我々の金は、どこにいったんだ？　説明してくれ」

貴族議員たちは倒れたエルトン――ドウェインを責め立てて群がる。

その間に、黒い靄は薄く広がって、逃げようとしていた。

「フロー、ベリトが逃げちゃうわ」

《僕に任せて。……ルーク、落ちた精霊石を拾って！》

「これか？」

ルークがふたつの石を掲げると、フローはそれに向かって力を込める。

《悪しき力を、ここに封印する！》

《うん》

《や、やめろぉぉ》

ベリトの悲鳴が響き渡る。しかしフローも容赦ない。
《嫌だね。今までの借りを全部返させてもらうよ。我が石の中で眠れ！》
ベリトの本体である靄が、一点に集まる。ルークの手からふたつに割れた精霊石が離れ、靄を真ん中にして重ね合わさった。そして強く光ったかと思うと、ひとつになった。真ん中に黒の層がある、珍しいフローライトだ。
「や、やったわね。フロー……」
《わー、アメリ！》
魔力を吸われてふらふらになっていたアメリは、それを見届けると安心して、意識を失ってしまった。

「……メリ、アメリ、……起きてくれ、アンリエッタ！」

懐かしい名前で呼ばれて、アメリはうっすら目を開ける。

ふかふかのベッドと、手には温かなぬくもり。視界を埋め尽くすのは、心配そうなルークの顔だ。

（……つい昨日もこんなのあったわね）

そう思うとおかしくなってくる。アメリが笑ったのに気づいたのか、ルークは不審そうな顔をした。

「俺がわかるな？　体調は？　おかしなところはないか？」

立て続けに聞かれても答えられない。アメリは何度か瞬《まばた》きをしてから頷いた。

「お水……ください。喉がカラカラで……」

「ああ。おい、ロバート、水！」

「待ってくださいよ。人使いが荒い」

ロバートがいそいそと水を持ってきてくれたあたりで、アメリも我に返った。

「す、すみません！　伯爵様に、水を運ばせるなんて」

「なんのなんの」

「いいんだ。ロバートだから」

身も蓋もない言い方でルークが一蹴する。

「起き上がれるか？」

「はい」

ルークはアメリの背中を支えるようにして、上半身を起こしてくれた。ロバートから受け取った水を飲み干すと、体中に染み渡る感覚がした。

「ふー。生き返りました」

ようやく落ち着いて、周囲を見回す。ルークに、ロバート。ふたり揃っているところを見れば、怪我などはしなかったのだろう。

「ルーク様はご無事ですね？　フローはどうなりました？」

「人の心配をしている場合か」

ルークは落ち着かなさげに、アメリの顔を覗き込んでくる。

「怪我をしたのは、俺が気絶させた議員たちくらいだ。フローは元気だよ。君を心配している」

ルークの視線の先で、少年の姿のフローが、膝を抱えて落ち込んでいた。

「フロー」

《何度も気絶させてごめん。アメリ》

「フローのせいじゃないでしょう？　こっちに来て。その姿、ちゃんと見せてよ」

唇を引き結んで、情けなく眉を寄せたフローは、フラフラと近づいてくる。

《怒ってない？　アメリ》

「怒るわけがないでしょう？　フローが無事でよかったわ」

フローの顔に安堵の表情が広がる。声だけだと伝わりきらない彼の気持ちが、今は手に取るようにわかった。

　ほっとして笑うと、ルークが話に交ざってくる。

「まさか、精霊石を割ることができるとは思わなかった」

　熱すると、はじけるように割れて発光する。そのフローライトの性質をアメリに教えてくれたのは、母だ。

　でもそれも、ルークの魔法剣があったからこそできたことだ。あの瞬間に、他の方法で指輪に熱を加えることは不可能だろう。

「ルーク様の魔法剣がなければ、成功しませんでした」

「そうか。俺も役に立ったな」

　ルークもどことなくうれしそうで、アメリもうれしくなる。

　フローの力が戻ったことで、ボーフォート公国の鉱業は、時間がかかっても復興していくだろう。

「……それにしても、本当にアメリと閣下は聖女なのですな」

　恐る恐る話しかけてくるのはロバートだ。

　彼の目から見れば、ルークとアメリがなにもないところに、話しかけているように見えるのだろう。

「……内緒にするのはもう無理でしょうかね」

アメリは苦笑した。あれだけ大々的に公言してしまったのだ。もう素知らぬふりはできないだろう。

「洗脳されていた奴らだけならなんとかなるんだが。あそこには正気な奴らも少数いたからな。アメリの宣言はしっかり聞かれてしまっているだろうな」

それでも、とルークは続けた。

「アメリがどうしても嫌だというなら、俺がなんとかごまかそう」

ルークの言葉をありがたく思いながらも、アメリは首を横に振った。

今の貴族議員たちは、ベリトに騙《だま》されたことによって、互いを信じられず疑心暗鬼になっている。

この状態から国をまとめ上げるには、なにかひとつでもいいから信じられるものの——聖女の存在が必要だ。

ルークにも聖女の素質はあるが、やはり、正真正銘ローズマリーの娘であるアメリがいれば、民の心もまとまりやすいだろう。

ルークの目指す、国の復興や民の安心につながるのなら、頑張ってみてもいいかと思っている。

「私が聖女として存在しているだけでルーク様のお役に立てるなら、頑張ります」

「……アメリ」

「でも、大公とかは絶対に嫌ですからね。ルーク様は、大公をやめないでくださいよ」

「わかった。わかっている。その代わり」

ルークの表情がきゅっと引き締まる。アメリは一瞬ドキリとして構えてしまった。

手を取られ指の付け根にキスをされる。

「俺と結婚してほしい」

アメリは一瞬、息が止まった。もちろん、ルークのことは好きだし、大切にされているとは思っていた。だけど、結婚という話になるとは思っていなかったのだ。

「……や、無理ですって。メイドと大公様とじゃ釣り合わないですから」

「君は聖女だろう」

「だって、私はこれからもルーク様の身の回りのお世話をしたいし」

「大公妃になったってできる。それとも、俺が嫌いか？」

アメリは反射的に首を振った。

そんなわけはない。ただ、自分はメイドだという意識が強いからか、この気持ちが届くものだとは思えなかったのだ。

「私は、ルーク様が……」

「俺は、アメリが……アンリエッタが好きだ」

かぶせるように先を越されて、アメリは売り言葉に買い言葉のように言い返す。

「先に言わないでくださいよ！　私だってルーク様が好きなのに！　……あ！」

口を押さえても、出た言葉は戻らない。ルークは口の端を上げ、わずかに頬を染めて笑う。

「言ったな。だったらもう遠慮しない。アメリ。俺が好きなら、俺の妻になれ。ずっと一緒にいて、俺の居場所になってくれ」

最後のひと言は、命令のようでいて、懇願のようだった。ほんの少しの必死さは、アメリの胸をうずかせる。

「……はい。ルーク様、私はずっとそばにいます」

地下の暗い部屋で目覚めた幼少期。メイドとして過ごした日々。どれも不幸だとは思っていない。アメリは人に恵まれ、楽しく過ごしてきたつもりだ。

（だけど、今が一番、うれしいかもしれない）

「……よかった！」

ルークはロバートの目も気にせずにアメリを抱きしめ、ほんの少し、弱音を吐く。

「まったく。アメリに死なれたら、生きる気力がなくなりそうだった……」

「……大げさですよ。ほら、しゃきっとしてください、大公様！」

「しゃきっとねぇ。その前に、確かめさせてくれ」

言うが早いか、アメリは唇を奪われる。目を見開いたまま、キスを受けるなんて、アメリが思っていたファーストキスと全然違う。

「……温かいな。よかった。生きていて」

「もうっ、ひ、人前でなにをするんですかっ！」

「大丈夫です。私はなにも見ておりませんから！」

気を回したつもりのロバートの発言に、アメリは余計恥ずかしくなり、目の前のルークを思いきり突き飛ばしてしまった。

メイド生活の長いアメリと、騎士上がりで無骨なルークの恋は、あまりロマンティックになりそうにない。だけど、これがお似合いなのだろうと思えて、アメリはつい、笑ってしまった。

エピローグ

数日のうちに、今回の騒動に関わった人々の処罰がなされた。

捕らえられたエルトンことドウェインは、体の主導権をベリトに奪われていた間のことを偽りなく話してくれた。

「私は処刑ですか？」と、ドウェインは咳《せ》き込みながら言った。ベリトが去った彼の体は、以前のような虚弱なものに戻ってしまったのだ。

「一応裁判にはかけるが、貴殿の罪というにはあまりに気の毒だな」

ルークはドウェインに王位継承権を主張しないと念書を書かせた上で、国外追放する形で収めようと画策しているらしい。

また、エルトンを導き入れたテンバートン侯爵には、所領の鉱山を国へ返還させ、伯爵位への降格を言い渡した。娘のフェリシアともども、しばらくは自領で謹慎することとなりそうだ。

一方、公国の鉱山からは、再び多くのフローライトが採れるようになった。細々と採掘を続けていた鉱夫だけでは手に余り、多くの若者に就業を呼びかけている。

「この十年で失った技術者を育てるのが大変だな」

「ええ。でも、きっとやり遂げられます。ここは鉱山の国ですもの」

アメリが微笑み、ルークはその肩を抱く。

ふたりが恋人関係にあることは、ルークに隠す様子がないので、すぐに広まってしまった。加えて、あの時議場にいた貴族議員の噂話で、アメリが聖女であることも城に出入りする人間には知れ渡っている。

ここで、問題がひとつ勃発した。

「聖女様は純潔じゃなくてはならないのでは？」

「しかし、ルーク様は彼女を妻に迎えるつもりらしいぞ」

「それは許していいのか？」

「駄目だろう！　やっと復興の兆しが見えてきたのに！」

これには平民まで加わって大騒ぎだ。

聖女が現れたのはうれしい。が、純潔を失ったら、再び公国は荒れるのではないかと、民たちは疑心暗鬼に陥っているのだ。

そんなわけでルークのもとには、結婚を考え直してほしいという嘆願書が、山のように届いているのである。

「こういう時は、マルヴィナの意見を聞いてみよう」

固定観念を壊すのは難しい。事実でなくとも、信じた人にとっては正しいのだから。

「聖女は純潔である必要がないって、どうやったらちゃんと伝わりますかね」

ルークが嘆願書を見つめながら、ため息をつく。

「まいったな」

「マルヴィナ様ですか？」

「あいつは本の虫でな。実家は代々文官の家系なのだが、屋敷にある膨大な蔵書全部に目を通しているらしい。思いも寄らない意見を言うので、頼りにはなる」

そこには信頼が感じられて、アメリは少しだけ嫉妬心が芽生える。

「マルヴィナ様のこと、よくわかっておられるのですね」

「幼馴染みだからな……って、なにを怒っているんだ！」

いつの間にかアメリがそっぽを向いているのに気づいて、ルークが焦りだす。

「怒ってなんかいません」

「嘘をつけ！」

膨れっ面のままでいると、静かに手を重ねられる。

「好きなのは……君だけだ」

小さなつぶやきに慰められて、アメリは手を握り返す。

うれしそうに微笑むルークに見とれているうちに、優しいキスが落とされて、ふたりは簡単に仲直りしてしまうのだ。

「では、マルヴィナ様にお知恵を借りてみましょうか」

ふたりはロバートを呼び出し、マルヴィナに取り次いでもらうことにした。

数日後、アメリとルークは、揃ってジャイルズ伯爵邸を訪れた。

「……というわけなんだ。マルヴィナ、なにかいい考えはないか？」

お腹の大きなマルヴィナは、ソファの背もたれに背中を預けたまま微笑んだ。

「まあ。ルーク様ともあろうお方がそんなことで悩んでらっしゃるの？」

「民の反感を買うわけにもいくまい」

渋い顔をしたルークを、それはそれは楽しそうに眺めている。

「簡単ですわ。すでに既成事実があると伝えればよろしいのよ。純潔を失っても、フローライトに変化がないとわかれば、それ以上の反対などなさらないでしょう？」

「なっ……」

顔を赤くするルークに、マルヴィナは目をすがめ、「まだですのね」とつぶやく。

「まったく、いい年をした男性が、恋愛せずに生きてくるからそんな奥手になるのですわ。ねっ、アメリ様」

「い、いえ、私は」

アメリも顔が真っ赤だ。

「あら、こちらも同様ですのね」

マルヴィナはややあきれた様子だ。

「まあまあ、マルヴィナ。ルーク様にはお立場があるし、アメリのことも大切にしておられる。これは奥手とかいう話ではなく、時機を待っているのだ」

見かねたロバートが仲裁に入ると、マルヴィナはそれまでの強気な態度を崩した。

「……んもう、仕方ありませんわね。でしたら事実を浸透させるしかありませんわ。お話を聞いていると、今はルーク様も精霊の声が聞こえるのですわね？」

「ああ」

「では、ふたりが共に聖女としての資格があり、ふたり揃っているからこそ精霊が復活できたことを、物語にしてはやらせるのです。ベリトが封印されている精霊石は、国で保管されているのでしょう？　それも展示したらいかがでしょうか」

そもそも精霊石自体、純度が高く貴重なのに加えて、黒のラインが入っているフローライトはこれまでになく、美術品としても価値がある。

まかり間違ってベリトが復活したら困るからと、宝物庫の奥にしまい込んだが、今回の出来事を正確に伝えるためには、展示するのもいいかもしれない。

「事実は物語よりも奇なり、ですわ。ふたりがいたからこそ、悪魔の力に負けずに精霊様が救われ、精霊様はふたりに祝福としてその精霊石を授けてくださった。そう周知させれば、精霊に愛されたふたりが一緒にならない方がおかしいと、やがて皆様は自然に思うはずですわ」

こうして、マルヴィナの提案で作られた物語は、二ヵ月後には絵本として流通し、いつしか国中の人々が知る物語となった。

アメリとルークは民が納得するまで、辛抱強く我慢し、一年後、共にいても拍手で迎えられるようになった頃、ようやく結婚式を挙げたのだ。

ボーフォート公国は、フローライトの精霊に愛された国として、それからも繁栄し続けたのだった。

【Fin.】

特別書き下ろし番外編

番外編『マーサ・スレイドの長い一日』

マーサは激怒していた。

昨日、議会で事件が起こり、城内は大騒ぎだった。その対応に奔走している途中で、マーサはとんでもない話を聞いたのだ。

『メイドのアメリという娘が、どうやら聖女らしい。ローズマリー姫の娘だって話だ』

それは、マーサが墓場まで持っていこうと決めていた秘密だ。

それがなぜ、貴族議員の間でこんなにも噂になっているのか。

しかも、アメリが聖女だなんて、本人からは聞いたこともない。

詳細を聞こうとアメリを捜したが、ルークの私室にいるということしかわからなかった。ロバートを通じてルークに面会を頼んでも、立て込んでいて無理だと言われて追い払われてしまった。

そして今朝、マーサはアメリが、ルークの部屋でひと晩過ごしたことを知ったのだ。

すぐさま執務室に乗り込み、マーサは驚いたままのルークを睨みながら宣言した。

「本日、一日、ストライキを決行させていただきます」

「ちょ、待……」

「失礼します！」

反論される前に部屋を出る。中にいたアメリが心配そうな顔をしていたが、今話しかけられても優しく話せる自信がない。彼女が追ってくる前に扉を強く閉めた。

（私のアメリを、……権力で物を言わせるなんて……！）

最初に、ロバートに言ったはずだ。『閣下がもしアメリにご無体なことをなさったら、私は仕事をストライキしますからね』と。

だからこれは、当然の結果なのだ。

憤然と、マーサは部屋に立てこもった。

＊

執務室には、まだ呆然としたままのルークと、ロバート、そしてアメリがいた。

「……怒っていたな」

「さすがメイド長、有言実行ですな」

感心した様子のロバートを、ルークが軽く睨む。

「なんだそれは」

「以前、『閣下がもしご無体なことをなさったら、私は仕事をストライキしますからね』とおっしゃっていたんですよ」

「無体なことなど……していないだろう」

がっくりと肩を落としたルークに、ロバートが苦笑して肩を叩いた。

その一連の様子を見ていたアメリは、焦っていた。

マーサがそんなに怒るなんて思っていなかったのだ。

アメリにとって、マーサは母親同然だ。幼い時からそばにいて、成長を見守ってくれた人。これまでも、なにがあってもアメリの味方になってくれたのだから、今回もそうだろうと思っていた。

(ちゃんと説明してこなきゃ)

「ルーク様、私、マーサさんの所に行ってきます」

「大丈夫か？　俺も一緒に行くか？」

「先にふたりで話してみます」

アメリは急いで、マーサの後を追った。

＊

『マーサさん、私よ。アメリ』

扉をけたたましく叩く音を、マーサは布団をかぶって無視した。

『マーサさんってば、話があるの』

「私はないわ」

今はアメリの話をちゃんと聞いてあげる心の余裕がない。

アメリが、ルークに恋をしているのは気づいていたし、ルークも独占欲が垣間見える発言をするので、アメリに気があるのかもしれないとは思っていた。

今でこそアメリは使用人だが、生まれは王族。ルークが相手だとしても見劣りするような身分ではない。

だから交際自体に反対しているわけじゃないが、いきなり朝帰りはない。

ルークへの信頼も一気にがた落ちだ。

アメリもアメリだ。相手が好きな男だからと言って、結婚もしていないのに簡単に体を許すような子に育てた覚えはない。

（でもローズマリー様も結婚前にアメリを身ごもっていたわね。親子だから……？）

穏やかな性格の中に激情を秘めていたローズマリーを思い出し、マーサはため息をついた。

(違うわ。ローズマリー様は、聖女である以上、実力行使に出なければ結婚できないと思ったのよね……)

でもそれが、結果として愛する人の命まで奪うこととなったのだ。

そういった事情がなくても、妊娠は、女性にとって大変な負担を伴うことでもある。アメリを、結婚前からそんな苦労をさせるような男にはやりたくなかった。

(許さないわよ……ルーク様!)

やがて、扉前からアメリの気配が消える。

「……かわいそうだったかしら。でも」

(少し反省してほしい。だいたい、どうしてアメリが聖女ってことになっているのかしら。まさか、アメリがルーク様に聖女の娘だと話して、それを都合がいいからアメリを聖女ということにして公表した……とか?)

大事なことを軽く吹聴するような人にも、嘘をつくような人にも見えなかったが、信頼度が落ちた今は、あり得るような気もしてきた。

マーサはますます腹が立ってくる。

『いつか、アンリエッタが幸せな結婚ができるように……』

いつかのローズマリーの声が、マーサの中にこだまする。

動けない彼女は、退屈な時間によく裁縫をしていた。アメリの遊び相手にとウサギのぬいぐるみを作ったり、子供服を作ったりと、職人顔負けの腕前だったのだ。

マーサは立ち上がり、棚の上にのせてあった箱を開けた。

そこには、純白の糸で編まれたレースのベールが入っている。

ローズマリーが、アメリが十歳の誕生日を迎えた頃から、コツコツ作っていたものだ。彼女が死んだ時、これは未完成で、半分ほどしかできあがっていなかった。

途中のものは渡せないからと、マーサはアメリが寝た後に、必死に続きを編んだ。

しかし、マーサはローズマリーほど編み物が得意ではない。途中から目の粗さが目立ち、アメリに渡すには少し恥ずかしい出来になってしまったのだ。

それでも、これにはローズマリーの気持ちがこもっている。アメリが結婚する時には、仕上げの未熟さを謝りつつ、彼女に渡そうと思っていた。

ぎゅっと抱きしめると、あの日々が思い起こされる。

あの頃、アメリはローズマリーにとってもマーサにとっても、ひと筋の光だった。

（相手が平民なら、気にするほどでもないかと思っていたけれど）

相手がルークでは、さすがにこれをつけて結婚式をあげてほしいとは言えない。

「ローズマリー様。……私、どうすればいいかしら」

答えが見つからないまま、マーサは再び思案に暮れた。

＊

マーサからの反応がなく、失意のまま使用人控室に戻ってきたアメリは、右往左往している使用人たちを見つけた。

「どうしたの？」

「昨晩使用した部屋のリストがないんだ」

「いつもはメイド長が、担当場所を書いておいてくれるのよ」

客間メイドたちが、必死にリストを捜している。

かと思えば、「ねぇ、食材の発注書どこにあるか知らない？」とキッチンメイドが駆け込んでくる。

メイドの仕事は分担制で、その指示を出していたのがメイド長のマーサだ。皆が効率的に働けるよう下支えをしていたマーサがいないことで、各所に滞りができていた。

「アメリ、メイド長はいったいどうしたのよ」

「た、体調不良かな……あはは」

まさか本当のことは言えないので、アメリは笑ってごまかした。

「私、メイド長の代わりに頑張るよ。たしか、書類系はこの辺にまとめて入れていたと思うんだけど」

そんなわけでアメリも仕事に忙しくなってしまった。

マーサにちゃんと説明できていないことは気になるが、今は聞いてくれる気になるのを待つしかないのだろう。

「戻りましたぁ……」

混乱の続く使用人部屋の差配を済ませ、ヘロヘロになりながら執務室に戻った時には、もう夕方だった。

「戻ったか、アメリ」

ルークの仕事もだいたいは終わったらしい。

「お前たちは帰っていいぞ」

ルークが補佐官たちを帰し、執務室に残ったのは、ロバートとルークだけだ。

「どうだった？　メイド長は」

「話は聞いてもらえなくて。その後は仕事が忙しくてまだ会えていません」

アメリのしょげた表情に、ルークが立ち上がる。

「やはり俺が行って直接話してこよう。どうせいずれは挨拶をせねばならないのだし」

「マーサさん、誤解しているのですよ。ほら、今朝、部屋に戻ったから」

昨日の議場での騒ぎで、魔力を奪われて倒れたアメリは、そのままルークの部屋に運ばれた。

一度目覚めて話した後も、『休んでいけ』とルークに促され、そのままそこで眠ってしまい、次に目が覚めたら、朝だったのだ。

一度も目が覚めないまま、そんなに寝てしまうとは思わず、慌てて起き上がろうとすると布団が重い。

見ると、椅子に腰かけてベッドに上半身をもたせかけるようにしてルークが寝ていた。

ひと晩中、ついていてくれたのだろう。

『……ん？　気がついたか。アメリ』

『ルーク様、風邪をひいちゃいますよ』

『そんなにやわじゃない。それに、君が部屋にいるのはなかなかいい気分だった』

ルークは笑うと、そっとアメリの唇に触れるだけのキスをした。

その時のルークの顔があまりに幸せそうに見え、アメリはドキドキしすぎて爆発しそうだった。気恥ずかしさに耐えかねてルークの部屋を出たため、顔は赤かっただろうし、戸惑った表情もしていただろう。だから、部屋に向かう途中で出会ったマーサには、何事かあったように見えたのだ。

『アメリ、説明してちょうだい』

『マーサさん。いや、これはですね。その……』

『どこにいたの』

『ルーク様の部屋に……や、でも、あれですよ、変なことはしてないですし……』

マーサの顔が引きつった。これは怒っている時の顔だ。アメリは青くなりつつ、弁明しようとしたが、無駄だった。

『黙りなさい。ルーク様の部屋に行くわよ！』

こうして、執務室に乗り込む事態となったのである。

「……つまり、メイド長は、俺がアメリをかどわかして朝帰りさせたと思っているわけだな」

「いや、かどわかしたとまでは……」

「親代わりだ。怒るに決まっているな」

ルークが眉間を押さえてため息をつくので、アメリは申し訳ない気持ちになる。

「だが……」

顔を上げたルークは、アメリに向かって手を伸ばし、頭をポンポンと叩いた。

「心配してくれる人がいてよかったな」

「ルーク様」

「そんなに落ち込むな。俺からもちゃんと話すから」

ルークの声が優しくて、アメリもようやく笑う余裕が生まれてきた。

＊

一日中ゴロゴロして思い悩んでいたが、マーサはついに意を決して部屋を出た。

向かうはルークの執務室だ。アメリの後見人として、やはり一度きちんと話しておかねばならない。

執務室の扉は少し開いていて、近づくと中の声が聞こえてきた。

（中にいるのは、ルーク様とジャイルズ伯爵。……あと、アメリね）

『しかしアメリが、ローズマリー姫の娘だったことは驚いた』

感嘆交じりの声の主は、ロバートだ。

『大公とメイドの結婚では反対も多いだろうから、私が養女に迎える案も考えていたのだが、王家の血筋ならばそれも必要ないな』

『……養女、ですか？』

アメリがいぶかしげに返事をしている。ロバートは二十九歳だ。いくら義理とはいえお父様とは呼べないだろう。

『マルヴィナも乗り気だったのだがなぁ』

『本当ですか？』

『ああ。アメリだってよくないか？　あのかわいい子供たちが、君の弟と妹になるのだぞ』

もし、伯爵家の養子に入るなら、花嫁衣装は立派なものを用意してくれるだろう。

マーサは持っていたベールをぎゅっと握る。

そのうちに、中からは明るい声が聞こえてきた。

『ノアくんとリサちゃんはかわいいので、悪くないですね！』

『だろう！』

『……でも、やっぱり養子にはなれません。私にはちゃんと親がいますもの』

マーサはハッとして顔を上げた。

『私には父がいない代わりに、母がふたりいました。ひとりがマーサさんです。私はずっとマーサさんの娘でいたいから、他の人の養子にはなりたくありません』

純白のベールの上に、雫《しずく》が落ちる。

（……汚してしまうわ）

マーサは慌てて、涙をぬぐう。だけど止まらなかった。

マーサはアメリを、自分の子供も同然だと思ってきた。だけどアメリにとっては、ローズマリーの世話役であり、後見人という認識なのだろうと思っていた。

（ちゃんと母親だと思ってくれていたなんて……）

『誰だ？』

鼻をすった音で気配に気づいたのか、ルークの鋭い声がする。

と同時に、警戒した様子でロバートが扉を開けた。

「……メイド長？」

泣いているマーサを見て、ロバートは今までになく間の抜けた声を出したのだった。

「……では、朝帰りは誤解？」

「ええ。やましいことはなにもないです。……でも、ごめんなさい、マーサさん。私、自分の気持ちに嘘はつけません。ルーク様が好きなんです。彼を助けるためなら、聖女だということ、ばれてもいいと思ったんです」

　アメリは事の顛末《てんまつ》を説明した。

「精霊の声が聞こえるの？　あなたが？」

「ええ。大人になってからなんですが。だから、私が聖女っていうのは本当です。実は、ルーク様も聞こえるんですよ？」

「ルーク様も？　そんなこと……あり得るの？」

　戸惑うマーサに、ルークは立ち上がって近づくと、頭を下げる。

「ルーク様？　王が使用人に頭を下げるなんて……！」

「今は大公として話をしているんじゃない。ひとりの男として、アメリの親であるマーサ殿に話があるんだ」

　一生見ることなどないと思っていた大公のつむじを見つめたまま、マーサは彼の言葉を待った。

「俺は、アメリを……アンリエッタを愛している。彼女にそばにいてほしいんだ。苦労をかけないと約束はできない。だが、彼女となら苦労も含めて幸せになれると信じている。どうか、結婚を認めてもらえないか？」

「……私の意見なんて、聞く必要ないでしょう」

「そんなことないわ。マーサさんは私のママですもの。母様に見せられなかった花嫁姿、マーサさんに見てほしいです」

マーサの胸が熱くなる。そして、ずっと手に持っていたベールをアメリに渡す。

「これは？」

「ローズマリー様が途中まで編んでいたベールよ。続きは私が編んだの。……下手でしょう？ 手を出さなければよかったと思ったんだけど。ローズマリー様の気持ちもこもっているから、……もらってくれるかしら」

「……ありがとうございます」

「つけなくてもいいの。ただ持っていて」

「いいえ。私、これをつけたいです。世界で一番の宝物です」

アメリの目にも涙が浮かんでいた。

マーサはほっとして、ルークに向き直る。

「アメリをよろしくお願いいたします」

「マーサ殿」

「……泣かせたら、今日程度のストライキではすみませんからね。私の権限をフルに利用し、城の機能を停止してみせます」

「わかった！　わかったからすごむのはやめろ！」

青ざめたルークを見て、マーサの溜飲も下がった。

こうして、マーサの長い一日は終わった。

なんだかんだと幸せそうな娘の姿に、マーサはもうじき自分の役目は終わるのだと、どこか安心したような気持ちにもなったのだ。


【Fin.】

あとがき

お久しぶりです。または初めまして。坂野真夢です。このたびは『処刑回避したい生き残り聖女、侍女としてひっそり生きるはずが最恐王の溺愛が始まりました』をお手に取っていただき、ありがとうございます。

今回も、かわいいマスコットキャラと共にヒロインが頑張るお話となっております。皆様、編集作業には、どのようなイメージをお持ちでしょうか。

文章を整えるのはもちろんですが、編集様の目線で足りない点や矛盾点を指摘してもらい、読みやすく伝わりやすい形に整えていきます。

その際、たいていはエピソードを足すことの方が多いのですが、たまに一冊にまとめるために減らすこともあります。

今回がまさにそうで、二万字程度減らしました。今までで一番減らした気がします。設定を簡潔にし、余分なエピソードを削ったため、内容は一緒なものの、ほぼほぼ書き直しとなっております。

でも減らしたからボリュームがなくなったかと言うとそうでもなく、むしろ、すっきりとして読みやすく、人物の魅力もわかりやすくなったように思います。

もし、サイト版も読んだという方がおられたら、比べた感想を聞かせていただけたらうれしいです。

近年はうまく書けないことの方が多いのですが、編集作業はしんどいけれど楽しいんですよね。やっぱり物語を書くのは好きだなと、改めて感じることができました。

表紙イラストを担当してくださったのは白谷ゆう先生です。ルークの色気は駄々洩れているし、アメリとフローもとってもかわいく描いてくださいました。もう最高です。ありがとうございます。

編集部の皆様には、今回も大変お世話になりました。設定のあやふやな部分を指摘していただき、言い回しなどのご提案をいただいたことで、こうして世に出せる形にすることができました。本当にありがとうございます。

出版にかかわっていただいたすべての皆様、いつも応援してくださる読者の皆様。本当にありがとうございます。

この物語が、皆様にとって楽しい読書体験となれば幸いです。

坂野真夢《さかのまむ》

坂野真夢先生への
ファンレターのあて先

〒104-0031
東京都中央区京橋1-3-1
八重洲口大栄ビル7F
スターツ出版株式会社　書籍編集部　気付

坂野真夢先生

本書へのご意見をお聞かせください

お買い上げいただき、ありがとうございます。
今後の編集の参考にさせていただきますので、
アンケートにお答えいただければ幸いです。

下記URLまたは二次元コードから
アンケートページへお入りください。
https://www.ozmall.co.jp/enquete/IndexTalkappi.aspx?id=2301

処刑回避したい生き残り聖女、
侍女としてひっそり生きるはずが
最恐王の溺愛が始まりました

2024年10月10日　初版第1刷発行

著　者　坂野真夢

発行人　菊地修一
校　正　株式会社鷗来堂
発行所　スターツ出版株式会社
〒104-0031
東京都中央区京橋1-3-1　八重洲口大栄ビル7F
TEL　03-6202-0386（出版マーケティンググループ）
TEL　050-5538-5679（書店様向けご注文専用ダイヤル）
URL　https://starts-pub.jp/
印刷所　大日本印刷株式会社

Printed in Japan

乱丁・落丁などの不良品はお取替えいたします。
上記出版マーケティンググループまでお問い合わせください。
定価はカバーに記載されています。

ISBN 978-4-8137-1651-8　C0193

ベリーズ文庫　2024年10月発売

『航空王はママとベビーを甘い執着愛で囲い込む【大富豪シリーズ】』葉月《はづき》りゅう・著

空港で清掃員として働く芽衣子は、海外で大企業の御曹司兼パイロットの誠一と出会う。帰国後再会した彼に、契約結婚を持ち掛けられ!?　1年で離婚もOKという条件のもと夫婦となるが、溺愛剥き出しの誠一。やがて身ごもった芽衣子はある出来事から身を引くが――誠一の一途な執着愛は昂るばかりで…!?

ISBN 978-4-8137-1645-7／定価781円（本体710円＋税10%）

『冷酷な天才外科医は湧き立つ激愛で新妻をこの手に堕とす』にしのムラサキ・著

院長夫妻の娘の天音は、悪評しかない天才外科医・透吾と見合いをすることに。最低人間と思っていたが、大事な病院の未来を託すには彼しかないと結婚を決意。新婚生活が始まると、健気な天音の姿が透吾の独占欲に火をつけて!?「愛してやるよ、俺のものになれ」――極上の悪い男の溺愛はひたすら甘く…♡

ISBN 978-4-8137-1646-4／定価770円（本体700円＋税10%）

『一度は諦めた恋なのに、エリート警視とお見合いで再会!?～最愛妻になるなんて想定外です～』吉澤紗矢《よしざわさや》・著

警察官僚の娘・彩乃。旅先のパリで困っていたところを蒼士に助けられる。以来、凛々しく誠実な彼は忘れられない人に。3年後、親が勧める見合いに臨むと相手は警視・蒼士だった！　結婚が決まるも、彼にとっては出世のための手段に過ぎないと切ない気持ちに。ところが蒼士は彩乃を熱く包みこんでゆき…！

ISBN 978-4-8137-1647-1／定価770円（本体700円＋税10%）

『始まりは愛のない契約でしたが、パパになった御曹司の愛に双子ごと捕まりました』蓮美《はすみ》ちま・著

幼い頃に両親を亡くした萌。叔父の会社と取引がある大企業の御曹司・晴臣とお見合い結婚し、幸せを感じていた。しかしある時、叔父の不正を発見！　晴臣に迷惑をかけまいと別れを告げることに。その後双子の妊娠が発覚し、ひとりで産み育てていたが…。3年後、突如現れた晴臣に独占欲全開で愛し包まれ!?

ISBN 978-4-8137-1648-8／定価781円（本体710円＋税10%）

『冷血悪魔な社長は愛しの契約妻を誰にも譲らない』晴日青《はるひあお》・著

円香は堅実な会社員。抽選に当たり、とあるパーティーに参加するとホテル経営者・藍斗と会う。藍斗は八年前、訳あって別れを告げた元彼だった！　すると望まない縁談を迫られているという彼から見返りありの契約結婚を打診され!?　愛なき結婚が始まるも、なぜか藍斗の瞳は熱を帯び…。息もつけぬ復活愛が始まる。

ISBN 978-4-8137-1649-5／定価770円（本体700円＋税10%）